한국의 독자들을 만나게 되어
매우 기쁘고,
또한 영광입니다.

호칸 네세르

# INTRIGO

호칸 네세르는 흥미로운 음모를 꾸미는 데 탁월하다. 그는 지난 수십 년 동안에 걸쳐 등장한 스웨덴의 뛰어난 작가 중에서도 가장 빛나는 스타다. '인트리고(INTRIGO)'가 그 증거다.
—Östgöta Correspondenten, 스웨덴

그의 작품들은 스칸디나비아에서 만날 수 있는 최고의 미스터리 소설이다. 드라마적으로 세련된 구성, 단순하지 않은 캐릭터, 심리적으로도 매우 의미심장하다. —Literarische Welt, 독일

호칸 네세르의 작품은 미스터리 소설을 좋아하지 않더라도 읽을 수 있는 소설이다. 그의 스타일은 모든 장르의 벽을 뛰어넘는다. 이것은 심리적인 걸작 그 이상이다. 나는 더 이상 말하지 않겠다. 해피 독서! —Trönderavisa, 노르웨이

호칸 네세르의 스타일은 직선적이고 명확하다. 캐릭터는 실제 인간의 요소로 가득하기 때문에 신뢰할 수 있다. —l'Unità, 이탈리아

호칸 네세르는 작가이면서 철학자다. 그 누구도 더 많은 수수께끼, 문학, 야심을 쓰지 못한다.
—Alles over boeken en schrijvers, 네덜란드

이야기는 신비스럽고 스릴 넘치는 미묘함을 지니고 있다. 매우 분위기가 뛰어나며, 놀랍도록 비꼬는 이야기로 가득하다. 참으로 놀라운 독서 경험이다.
—Der Kultur Blog, 독일

이 컬렉션은 스웨덴 미스터리 소설의 대가 호칸 네세르가 문학의 장인으로서의 탁월함과 짧은 형식의 스릴로 가득 찬 복잡한 그림을 처리할 수 있는 능력이 뛰어남을 증명한다. 네세르는 놀라운 음모로 이어지는 다양한 음모를 통해 독자에게 확실한 지침을 제시한다. '인트리고(INTRIGO)'는 하드 코어 호칸 네세르 팬들에게 잘 맞을 뿐만 아니라 훌륭한 저작자라는 자부심도 크게 작용할 것이다. —BTJ, 스웨덴

당신이 호칸 네세르의 팬이라면 분명 '인트리고(INTRIGO)'를 좋아할 것이다.
—Metro, 스웨덴

작가 호칸 네세르는 스웨덴의 어느 작가보다도 더 흥미진진하고, 의미심장한 미스터리와 문학성을 지녔다. —Brigitte, 독일

## 북유럽 미스터리 소설의 거장

# 호칸 네세르

홍미진진한 사건이 수면 위로 떠오르지만, 그 아래 보다 더 위협적인 요소가 드러난다. 어두운 밤을 위한 선택!
−Frankfurter Rundschau, 독일

스웨덴 빈티지 범죄! −Fredrik Wandrup, Dagbladet, 노르웨이

절대적으로 탁월한 작가 호칸 네세르. 네세르는 경쟁과 이환율을 묘사하는 방식이 나비처럼 가벼우며 단단히 꾸민다. 네세르와 마찬가지로, 항상 독자는 그의 결정적인 논리에도 불구하고 줄거리가 어디에서 진행되고 있는지 측정할 수 없다. −Motala & Vadstena Tidning, 스웨덴

첫 번째 페이지에서 호칸 네세르라는 것을 알았다.
−Göteborgs-Posten, 스웨덴

'인트리고(INTRIGO)'에 새로 소개되는 소설 〈톰(TOM)〉은 아주 새롭고, 불길한 기운이 정신을 쏙 뺀다. …펼쳐지는 음모는 우아하고 꾸준한 논리를 따른다.
−Dagens Nyheter, 스웨덴

호칸 네세르가 복잡한 음모를 꾸며 사건을 전개한다는 것은 알고 있을 것이다. 그의 소설은 죄책감, 보복과 비밀 같은 주제를 중심으로 멋지게 회전한다. 호칸 네세르를 아는 사람이라면 무엇보다 〈톰〉, 우아하게 쓰여진 이 이야기를 기대하고 있을 것이다. …집약적이고 축약된 줄거리가 또 하나의 놀라움을 전달하고, 우아하게 비꼬는 말로 끝난다. −Ölandsbladet, 스웨덴

〈디어 아그네스〉는 극도로 유혹적이며 놀라운 반전의 작품이다.
−Helsingborgs Dagbladet, 스웨덴

두 주인공이 주고받는 편지가 주축이 되는 〈디어 아그네스〉는 심리적 긴장감과 추리의 수수께끼로 스웨덴 미스터리 소설의 최고 수준을 보여 준다.
−Norrkopings Tidningar, 스웨덴

〈디어 아그네스〉, 잔잔한 톤의 진행은 표면의 편안함을 조금씩 갉아내는 데 효과적이다. 반전의 엔딩은 독자가 느낄 수는 있지만 정확히는 알 수 없는, 놀라운 것이다. 놀라울 정도의 정확함으로 인간 심리의 어두운 면을 명중시킨다.
−Dagens Industri, 스웨덴

# INTRIGO
## 레인
### DEATH OF AN AUTHOR

# INTRIGO
## 레인
### DEATH OF AN AUTHOR

호칸 네세르 소설 ǀ 김진아 옮김

대원사

# 차 례

I

A로 떠나야 할 이유는 두 가지였다. 아니, 세 가지라고 해야 하나? 모든 자초지종을 상세히 밝히는 것이 내 목적이므로 A로의 여행을 이야기의 출발점으로 삼겠다.

아직 쓰지는 않았지만 사건들이 뒤섞이고 흐릿해질 위험은 당연히 존재한다. 사건들과 그 인과관계를 정확히 가려내지 못할 수도 있다. 그래서 보통은 어차피 존재하는 바, 시간의 순서를 따르게 된다. 물론 나는 최초의 시간을 찾아 헤매거나 할 생각은 없다. 사실 그 유혹에 빠지지 않기를 바라고 있다.

뭔가가 시작되는 지점, 그걸 아는 사람이 있을까 과연?

누가?

모든 것은 그 라디오방송국 오케스트라의 콘서트에서 비롯됐다. 잘 알려져 있듯이 라장조로 연주되는 베토벤의 바이올린 협주곡이다. 원래 바이올리니스트 프란츠 클레멘트를 위해 1806년에 작곡했다고 하는데, 베토벤은 자신의 작품에 무척 만족했는지 다시는 그 장르의 음악을 만들지 않았다. 누구도 뛰어넘을 수 없는 걸작으로 봤다는 거다.

　　나는 여느 때처럼 푹신한 내 소파에 앉아 무릎 담요를 덮고 음악을 들었다. 손을 뻗으면 닿는 거리에 포트와인과 견과류가 든 접시를 두고, 초도 하나 켜놓았다. 가볍게 일렁이는 촛불이 마치 음악과 나 사이의 공간을 채우는 것 같다는 생각이 들었다. 절대 뚫고 들어갈 수 없는 세계, 손에 잡히지는 않지만 분명히 존재하는 자아와 무의식의 확고한 경계.

　　밖에는 빗줄기가 줄기차게 창문을 두드려 대고 있었다. 때는 바야흐로 11월 중순이었고, 날씨는 그맘때 으레 그렇듯 허구한 날 비가 오고 우중충하고 을씨년스러웠다. 세찬 바람이 골목과 도로로 몰아쳤고, 기온은 0도 근처를 밑돌

뿐 더 이상 오르지 않았다.

그 방송은 저녁 8시 정각에 시작됐다. 나는 음악 감상의 특징이자 음악을 들을 때에만 빠져드는 상태, 긴장을 푸는 동시에 음악에 완전히 집중한 상태가 되었다. 잠깐 졸았는지는 모르겠지만 코라도 블란체티의 당당한 연주는 한 마디도 놓치지 않았다.

기침소리는 끝부분에 잠깐 나왔다. 하필이면 론도의 가장 조용한 부분이었다. 나는 그 소리를 듣고 충격에 몸이 얼어붙는 것 같았다. 그 후에도 그 기침소리와 그때의 내 반응에 대해 많이 생각했는데, 말 그대로 충격 그 자체였다.

전기충격. 감정적 전기충격.

나는 충격에 빠져 멍한 상태로 연주의 끄트머리 부분과 박수갈채, 라디오 진행자가 방금 들으신 곡은 베토벤의 바이올린 협주곡 D장조, 솔리스트 코라도 블란체티와 함께 한 A라디오방송국 교향악단의 5월 4일 연주였다고 말하는 것을 들었다.

물론 그 기침소리를 들은 순간부터 이성적인 차원의 의심이 존재했다. 하지만 왠지 모르게 내가 잘못 듣거나 착각한 게 아니라는 확신이 있었다.

나는 그 생각에 골몰했다. 순간적으로 지나가버린 그 기침소리를 머릿속에서 철저하게 분석했다. 난 정말이지 결단이 빠른 사람은 아니다. 그러나 외부의 영향이 닿지 않는 내 마음 속 깊은 곳에서는 이미 착각이 아니라고 단정하고 있었다.

그녀가 분명했다. 그건 에바의 기침소리였다. 6개월도 전에 녹음된 연주회의 청중석 어딘가에 실종된 내 아내가 앉아 있었던 것이다. 나는 그녀가 목의 간질거림을 참지 못하고 뱉어낸 기침 덕분에 3년 만에 처음으로 아내의 소식을 접하게 됐다.

베토벤의 바이올린 협주곡 D장조가 끝나기 1분 30초 전, A에서 날아온 기침소리.

물론 이상하게 들릴 테고 믿기 힘들겠지만 내가 그 후로, 그리고 그전에 겪은 일들과 비교하면 그리 놀랄 만한 일도 아니다.

그 연주의 녹음테이프를 손에 넣기까지는 일주일 남짓, 정확히 말하면 9일이 걸렸다(그날 내 녹음기는 틀어져 있지 않았다). 녹음테이프를 기다리는 동안에는 의심이 나를 옭죄어오는 기분이었지만 막상 테이프를 받고 다시 연주를 듣고 있노라니 점점 의심의 손아귀에서 풀려나는 것 같았다.

　나는 문제의 끝부분을 대여섯 번 반복해서 들었다. 그리고 매번 들을 때마다 생전 처음 듣는다는 생각으로, 그러나 동시에 매우 집중해서 들으려고 노력했다.

　물론 그걸 글로 표현하기는 힘들다. 기침소리를 표현할 수 있는 말이 있기는 할까? 가끔은 그런 생각도 든다. 우리가 사는 삶과 삶에 대한 생각 중 언어의 범위로 떨어지는 부분이 얼마나 될까? 그 짧은 순간에 기침소리의 특징을 알아내는 데는 아무 문제가 없었지만 수많은 단어들 중 그것을 표현할 말을 찾기는 힘들었다. 물론 음파의 진동을 비교하거나 하는 기술로 정확하게 구별해 내는 것도 가능할 것이다. 그러나 그런 관점은 처음부터 내 관심 밖이었고 그럴 필요성도 느끼지 못했다.

　그건 분명 에바였다. 에바는 5월 4일 A에서 베토벤의 바이올린 협주곡을 들은 것이다. 나는 그 기침소리를 듣는 순간 에바라는 걸 확신했고, 나중에 녹음을 여러 번 반복해 듣는 동안 그 확신은 더욱 굳어졌다.

　그녀는 건재했다. 이 세상에 살아 있었던 것이다. 적어도 6개월 전까지는.

이미 말했듯이 내가 충격에 빠진 것은 바로 그것 때문이었다.

*

A로 가야 할 두 번째 이유는 라디오 콘서트를 들은 지 2주째 되는 날 생겼다. 아침 일찍부터 출판사의 아르놀드 케르에게서 전화가 왔다. 레인 씨가 죽었고, 방금 새 원고를 받았다는 것이었다. 내용도 좀 모순적인 데다 말에 두서가 없었다.

우리는 그날 바로 약속을 잡고 〈클로스터켈러〉에서 점심을 먹으며 얘기하기로 했다.

그러나 얘기라고 할 것도 없는 게, 당시 레인의 죽음에 대해 알려진 것은 거의 없다시피 했다. 케르는 레인이 죽었다고 말하고 페투치니(면이 넓은 파스타의 일종_역주)가 담긴 접시를 건성으로 뒤적거렸다. 정확한 사인은 밝혀지지 않았지만 그동안 건강이 썩 좋은 편은 아니었기 때문에 크게 놀랄 일은 아니었다.

나는 어떻게 된 일인지 자세한 것을 캐물었지만 케르는

어깨만 으쓱할 뿐이었다. 알고 보니 그도 레인이 죽었다는 것 외에는 자세한 것을 전혀 모르는 것 같았다. 어제 저녁 A에 있는 침머만 씨에게 전화가 와서 레인이 죽었다는 소식을 들었는데, 언론에서 자세한 보도가 나오겠거니 했다는 것이다. 그런데 언론 발표가 예상 외로 늦어지고 있다며, 오늘 저녁쯤에는 나오지 않겠느냐고 했다. 어찌 됐든 레인은 모국뿐 아니라 세계 여러 나라에서도 유명인이었으니까 그럴 만했다.

까다롭고 약간 어렵다고도 할 수 있지만 레인은 독자층이 두터운 작가였고, 평론가들로부터도 높은 평가를 받았다. 그의 작품은 10여 개 언어로 번역되었는데, 이 맥락에서 내가 등장한다. 얼떨결에 그렇게 됐다.

레인의 초기 작품들 '찬달라 슈트'와 에세이들은 헨리 다르케 씨가 우리말로 옮기고 해석했다. '크라울의 침묵' 이후로는 내가 번역을 맡았다. 다르케 씨와 여러 번 얘기를 나눠 봤는데, 그는 완성된 번역 원고나 작가 레인 그 어느 쪽에도 만족하지 못했다. 내가 다르케 씨를 마지막으로 만난 것은 그가 죽기 몇 달 전이었다. 그때 그는 레인을 생각하면 기분이 나쁘다는 표현까지 써가며 그를 나쁘게 평가

했다. 당시 나는 레인을 직접 만나본 적이 없었으므로 다르케 씨가 왜 그렇게까지 말하는지 이해할 수 없었다. 그러나 시간이 지나면서 차츰 그를 이해할 수 있었고, 나도 그의 견해에 가까워졌다는 사실을 부인할 수 없다. 레인과 몇 번 만날 일이 있었는데, 그에게는 인간적으로 받아들이기 힘든 뭔가가 있었다. 그게 뭔지 표현하긴 힘들지만 그런 느낌이 드는 건 어쩔 수 없었다.

어쨌든 그날 케르와 〈클로스터켈러〉에 앉아 왜 레인의 죽음이 발표되지 않는지 이상하게 여기던 그때까지는 그랬다. 죽은 지 24시간도 넘었을 텐데 신문, 라디오, 텔레비전 그 어디에서도 기사가 나오지 않았다.

"원고는요?"

내가 묻자 케르는 탁자 다리에 기대 놓은 서류 가방 속에서 고무줄로 두 번 묶은 노란색 서류철을 꺼냈다.

"정말 이상한 건 이거예요."

케르가 긴장한 듯 냅킨으로 입가를 닦으며 말했다.

그는 고무줄을 벗기고 서류철을 열더니 맨 위에 놓인 종이를 내게 건넸다. 검은색 잉크로 쓴 손글씨였다. 휙휙 갈겨 쓴 글씨체가 낯익었다.

A. 199-. 11월 17일.

제 마지막 원고를 보내니 번역 출간하시기 바랍니다.

저와 계약 관계에 있는 출판사들, 그리고 다른 외부인과의 접촉을 금합니다.

이 원고는 어떤 경우에도 제 모국어로 출간되어서는 안 됩니다. 번역과 출간은 비밀리에 진행되어야 합니다.

경의를 표하며.

헤르문드 레인.

추신 : 이 원고는 사본 없는 원본입니다. 믿고 맡기겠습니다. 감사합니다.


나는 케르를 빤히 쳐다보았다.

"이게 뭐예요?"

케르는 난처한 표정으로 양팔을 들어보였다.

"나도 모르겠어요."

그는 어제 오후 우편으로 소포가 왔다며 이후 계속해서 레인과 전화 연락을 시도했다고 했다. 그의 표현을 빌리자면 그 시도는 침머만이 전화를 걸어 레인의 죽음을 알렸을 때 자연스럽게 무산됐다고 한다.

거기까지 말한 다음 우리는 말없이 음식을 먹는 데만 열중했다. 그러나 나는 케르의 접시 오른쪽에 놓인 노란색 서류철에 자꾸만 눈길이 갔다. 물론 호기심 때문이었다. 그러나 경멸도 한몫했다.

레인의 최근 작품 '붉은 자매들'을 번역하는 일로 그와 만난 지 6개월 남짓 된 때였다. 우리는 기자회견과 관련한 레인의 요구 사항을 토씨 하나 틀리지 않게 준비해 놓았다. 하지만 그는 언제나처럼 말수가 적었다. 거의 자폐적으로 보이기까지 했다. 우리는 샴페인과 셰리주로 건배를 했고, 아문센이 책의 성공을 기원한다는 취지의 말을 했다. 그러나 레인은 닳아빠진 코르덴 양복 차림으로 앉아 경멸의 표정을 지었다. 조금도 그걸 감출 생각이 없어보였다. 마치 보여 줄 수 있는 건 이게 전부고 최선이라는 듯.

그렇다. 만약 내가 레인에게 일말의 따스한 감정을 품었다고 말한다면 그건 거짓일 것이다.

"그래서요?"

내가 침묵을 깨고 물었다.

케르는 음식을 끝까지 씹어 삼킨 후 출판업자의 창백한 눈으로 나를 쳐다보았다. 그리고 식기를 내려놓고 손가락으로 장단을 맞추듯 노란 서류철을 두드리기 시작했다.

"대표님과 상의해 봤는데요."

나는 고개를 끄덕였다. 아문센은 출판사의 대표로서 최종 책임자니까 그와 상의하는 건 당연하다.

"대표님도 저와 같은 의견이었어요."

나는 그의 다음 말을 기다렸다. 그는 서류철을 두드리던 손동작을 멈추고 팔짱을 낀 채 카를스 광장의 전차와 비둘기 떼에게 시선을 던졌다. 대답에 뜸을 들이며 기대감을 높이는 것이리라. 케르는 그런 효과를 놓치는 법이 없었다.

"번역 바로 시작합시다. 대표님의 뜻도 그래요."

나는 아무 대답도 하지 않았다.

"지난번 책처럼 암시가 많다면 A로 가서 작업하는 게 최선일 것 같아요. 여기에 얽매인 곳은 없는 걸로 아는데……?"

틀린 말은 아니었다. 사실 다 맞는 말이다. 일은 하고 있지만 뚜렷한 직장이 있는 것도 아니니 나를 붙잡는 건 내 게으름뿐이었고, 케르는 그 사실을 짜증날 정도로 잘 알고 있었다. 그럼에도 불구하고 나는 그 자리에서 바로 결정을 내리지 않았다. 어쩌면 출판사 사람들을 단 몇 시간 동안이라도 애 닳게 하고 싶었는지도 모른다. 나는 며칠, 혹은 레인의 죽음에 관해 자세한 것이 밝혀질 때까지만이라도 생각할 시간을 달라고 했다. 케르는 그러마고 했지만 식당 앞에서 헤어질 때 보니 초조한 기색이 역력했다.

초조한 게 당연했다. 나는 찬바람을 뚫고 집으로 가는 동안 머릿속으로 그 상황을 정리해 보았다. 레인이 편지에 쓴 대로라면 노란 서류철 속의 원고는 일종의 처녀 상태다. 누구도 본 적이 없고 그 존재를 아는 사람도 없다. 그 원고가 책으로 나왔을 때 출판업계와 독자들 사이에 어떤 센세이션이 일지 상상하는 것은 힘들지 않았다.

작가 레인의 유작, 초판은 모국어가 아닌 번역본! 작가 사망 1주년을 기념하는 출간이라면 완벽하지 않겠는가!

그 책은 분명 내용과 무관하게 베스트셀러 리스트 정상에 오를 것이고, 지금 출판사에 필요한 돈을 벌어들일 것이다. 근 몇 년째 아문센의 출판사가 재정적 어려움에 시달리고 있다는 것은 공공연한 비밀이었다.

전제 조건은 원고의 존재에 대해 함구할 것, 번역과 출간이 조용히 이뤄져야 한다는 것이었다. 아직 너무 초기 단계라 얼마나 어떻게 조심해야 할지 알 수 없지만 케르의 말대로라면 이 지구상에서 그 원고의 존재를 아는 사람은 단 네 명뿐이었다. 아문센과 케르, 나, 그리고 레인 자신.

그리고 레인이 죽은 건 분명했다.

〈클로스터켈러〉에 앉아 있는 동안 나는 한 번도 원고를 보여 달라고 하지 않았다. 케르도 내게 원고를 보라고 권하지 않았다. 긍정적 답변을 하지 않는 한 그 내용은 내게 미지의 것으로 남을 것이다. 당시에 케르는 무슨 의식이라도 치르듯 조심스럽게 원고를 도로 서류철에 집어넣은 다음 고무줄을 끼우고 가방에 넣었다. 그리고 식사가 끝난 후 외투를 입을 때에는 서류 가방 손잡이와 자신의 손목 사이에 고리를 끼우는 치밀함까지 보였다. 그 모든 과정에서 그가 이 원고를 얼마나 신경 써서 다루는지 알 수 있었고, 나는 케르와 아문센이 레인의 유언을 받들어 정말 사본을 만들지 않았을지도 모른다는 생각을 했다.

*

지금까지 말한 것은 대림절 전주 목요일에 일어난 일이다. 다음 날 아직 결정을 내리지 못한 채 연구소에 나갔는데, 거기에 확고한 대답이 기다리고 있었다.

셩클러와 베이마녠의 어두운 표정을 보고 나는 무슨 일이 생겼다는 것을 직감했다. 아마도 프로젝트 추가 지원이 거부당한 것이리라. 나는 무슨 일이냐고 물었고, 긴 욕설이 섞인 베이마녠의 대답은 내 의심을 확인시켜 주었다. 한 시간 반 전에 도착했다며 교육부의 편지를 흔들어 대는 셩클러의 표정은 암울하기 짝이 없었다.

모든 것이 명백했다. 우리 셋 모두 그 상황이 무엇을 뜻하는지 알고 있었다. 긴 토론 따위는 필요하지 않았다. 그건 허리띠를 졸라매야 한다는 뜻이었다. 우린 셋이었고, 우리에게 주어진 연구 지원금은 두 사람 몫뿐이었다.

풀타임 한 명에 파트타임 두 명. 아니면 풀타임 두 명에 한 명 해고.

셩클러는 우리 셋 중 가장 연장자였고, 베이마녠은 아내와 아이들을 부양하는 가장이었다. 지금 와서 생각해 봐도 그때 나에겐 다른 선택의 여지가 없었다.

"나 번역 지원을 받을 수 있을 것 같아."

내가 말했다.

베이마녠은 손목을 긁적거리며 땅으로 시선을 떨어뜨

렸다.

"얼마나, 오래?"

성클러가 물었다.

나는 어깨를 으쓱했다.

"아마 6개월 정도겠지."

"좋아, 그럼 그렇게 하자."

성클러가 말했다.

"내년 가을까지는 어떻게든 돈을 끌어올 수 있을 거야."

문제는 그렇게 해결됐다.

나는 책상 정리와 베이마넨이 길 건너 술집에 키핑해둔 위스키에서 내 몫을 마시는 것으로 그날 오전을 보냈다. 그리고 집으로 가는 길에 케르에게 전화를 걸어 레인의 죽음에 대해 알려진 게 있는지 물었다. 케르는 없다고 했고, 나는 언론 보도와 상관없이 일을 맡겠다고 했다.

"잘 생각했어요."

케르가 말했다.

"결정 잘한 겁니다."

"그 대신 A에서 6개월간 있을 생활비는 대줘요."

내가 덧붙였다.

"그건 처음부터 생각하고 있었어요."

케르가 말했다.

"내 생각엔 〈번역가의 집〉에 머물 수 있을 것 같은데······."

"아마 가능하겠죠."

나는 위스키 술기운이 올라오는 것을 느끼며 통화를 끝냈다. 그리고 오후에는 낮잠을 자야겠다고 생각했다.

그게 11월 23일의 일이다. 사람의 인생이 이렇게 쉽게 다른 길로 들어설 수 있다니······. 나는 한참 동안 그런 생각을 하다가 잠이 들었다.

살면서 그런 일을 겪어보지 않은 건 아니지만 간만이라 새삼스러웠던 것 같다. 그 생각이 꿈속까지 따라왔었는지 어땠는지는 모르겠다. 적어도 기억에는 없다. 어차피 나는 꿈을 의식의 세계로 불러내는 일이 쉽지 않은 편이다. 어쩌다 가능하다고 해도 내 기분을 정당화하는 데나 쓰일 뿐이다.

나쁠 건 없다. 살면서 매번 느끼는 거지만 기억보다는 망각이 더 믿을 만한 동반자니까.

1월 3일은 지독하게 추운 날이었다. 기온이 영하 15도까지 내려가고 활주로에는 변덕스러운 북풍이 매섭게 몰아쳤다. 그래서 대부분의 비행 일정이 몇 시간씩 연기되었고, 나는 오후 내내 카페테리아에 앉아 비행기가 뜨기만을 기다리며 시간을 보내야 했다. 덕분에 내가 지금 어떤 일에 발을 담그려고 하는지 생각해 볼 시간이 충분했다.

그런 상황에서 대체성에 대한 생각이 다시 머리를 내민 것은 어쩌면 당연한 일이었다. 내 주위에 앉아 있는 사람들, 삼삼오오 모여 시간을 때우거나 초조한 얼굴로 바삐 면세점을 드나드는 사람들, 그들의 정체성과 자리를 누군가와 맞바꿔도 무방할 것 같다는 생각이 드는 것이다. 여권과 비행기 표를 한군데 몽땅 쌓아 놓고 할 일 없는 청원경찰 한 명이 나와 우리에게 새로운 인생을 하나씩 나눠 주는 것이다. 자의적이고 공평하게, 그 어떤 특혜나 개입도 없이.

책도 읽어 보려고 했다. 레인의 것은 아니다. 원고는 전날 저녁 아문센과 케르에게서 소박한 전달식을 거쳐 넘겨받았지만 때를 기다렸다 읽을 생각이다. 심심할 때 읽으려고 범죄소설을 몇 권 사두었는데, 플롯을 계속 따라갈 만큼 나를 집중시키는 책은 없었다.

나는 책을 접고 이런저런 생각에 빠져들었다. A에 가면 에바를 어떻게 찾을 것인가, 내 힘으로 찾는 데 한계가 있을 텐데 어디까지 시도해야 할까, 사설탐정을 고용하는 게 낫지 않을까 하는 생각들이었다. 결국 일단 내 힘으로 찾아보고 필요하면 나중에 도움을 받자는 쪽으로 정리가 됐다. 어쩌면 도움이 필요 없을지도 모른다. 아니, 그렇게 될 거라고 생각하진 않았다.

하지만 그 무엇보다 내 머릿속을 가득 채운 건 레인에 대한 생각이었다. 그 저주받은 죽음에 대해 밤낮으로 생각하는 건 결코 즐거운 일이 아니었지만 나는 한동안 그 죽음에 대해 집중적으로 생각했다. 그도 그럴 것이 그의 죽음에는 석연치 않은 점이 많았고, 그 의문은 그의 시체가 발견되어야 풀릴 것이었다. 언젠가 발견된다면 말이다.

케르가 침머만에게서 레인이 죽었다는 전화를 받은 시점으로부터 레인에 대한 새로운 소식이 나온 것은 거의 나흘 만이었다. 알고 보니 레인의 미망인이 유서의 진위 여부를 의심하며 수많은 조사와 분석을 요구했고, 그녀가 그 결과를 수긍하고 나서야 언론에 보도가 나간 것이었다. 버려진 모터보트가 발견됐고, 동시에 모든 단서가 의심의 여지 없이 같은 곳을 향하고 있었기에 미망인이 고집을 꺾을 수밖에 없었다. 그제서야 전 세계에 보도가 나갈 수 있었다.

그가 죽을 자리로 선택한 곳은, 아마도 선택했을 곳은 그 계절에 바람과 해저 조류의 영향을 받지 않는 곳이어서 수색이 용이한 장점이 있었다. 그의 시체는 먼 바다로 떠내려간 것으로 보였다. 만약 몸에 추를 달고 있었다면 수심 300 내지 500미터 깊이로 가라앉았을 것이라고들 했다. 보트가 발견된 장소에 대해 가장 자세히 다룬 신문《퓌스트》지의 C.G. 하우티엔과 하랄드 베이스포헐의 조심스러운 진단에 의하면 우리 시대의 위대한 신신비주의 작가 헤르문드 레인의 시체는 멀리 2, 30킬로미터까지 떠내려갔을 것이라고 했다.

내가 볼 때는 그 모든 게 헤르문드 레인다웠다. 물고기들이 그의 축 처진 살을 파먹는 동안 그가 일그러진 미소를 지은 채 바다 밑에 널브러져 있는 모습을 상상하는 건 결코 어렵지 않았다. 평범한 사람의 손에 의해 평범한 방법으로 땅에 묻히기엔 너무 고귀하신 존재라고나 할까? 그는 마지막 순간까지도 정떨어지는 사람이었다.

물론 그런 생각이 A에서 해야 할 내 작업에 도움이 되지 않으리란 것은 잘 알고 있었다. 번역 작업에 있어서 가장 근본적인 방해 조건을 꼽으라면 아마 번역가들은 텍스트 저자에 대한 적개심을 들 것이다. 하지만 이미 말했듯이 나는 아직 작업을 시작하지 않은 상태였고, 사전에 공격성을 떨쳐버리는 게 나쁘지 않을 것 같았다.

그렇게 나는 내 생각을 정당화하려고 했던 것 같다.

*

내가 탈 비행기는 밤 10시, 예정보다 정확히 6시간 늦게 출발했다. 불안한 비행을 마치고 A 교외에 위치한 공항에 도착하니 이미 자정이 넘은 시각이었다. 항공사에서는 승객 모두에게 공항호텔 숙박권을 제공했다. 대부분의 승객

들처럼 나도 호텔에서 하룻밤을 묵고 1월 4일 오전에야 A 중앙역에 도착할 수 있었다.

내가 왜 이렇게 자세한 시간까지 챙겨 기록하는지 사실 잘 모르겠다. 아마 통제, 아니 통제할 수 있다는 느낌, 림리(Rimley)가 "운동의 필수적 시공 압박"이라고 표현한 것 때문일 것이다. 그러나 A에서, A라는 멈춰진 공간에서 한동안 지내다 보니 시간이나 날짜 같은 개념을 챙기는 것이 얼마나 쓸모없는 짓인지 저절로 깨닫게 됐다.

도서관에 앉아 일을 하다 보면 누군가 다가와 문 닫을 시간이 됐으니 나가달라고 정중하게 안내하는 일이 자주 있었다. 그리고 3월인가 4월인가에는 진즉 문을 닫은 가게 앞에서 아무 생각 없이 문을 흔들어 댄 적도 있었다. 아니 일요일 아침 너무 이른 시간이었던가?

어쨌든 나는 1월 4일에 A에 도착했다. 오전이었다. 그곳에도 아직 봄기운은 느껴지지 않았다.

*

나는 커다란 여행 가방 두 개와 낡아빠진 서류 가방을

들고 택시에 올라 〈번역가의 집〉으로 가자고 했다. 서류 가방 속에는 노란 서류철과 사전 몇 권, 그리고 에바의 사진으로 가득 찬 큰 서류 봉투가 들어 있었다.

방 여섯 개 중 네 개는 이미 차 있었다. 아프리카 남자 둘, 전형적인 핀란드 남자 한 명, 그리고 아일랜드 남자. 아일랜드 남자는 계단에서 만났는데 값싼 위스키 냄새를 풍기며 일종의 독일어로 인사를 건넸다. 나는 바에서 한잔하자는 그의 제안을 거절하고 내 방으로 들어왔다. 그리고 되도록 빨리 다른 숙소를 구해 봐야겠다고 생각했다.

숙소 문제에 대해 케르, 아문센과 상의를 했는데 역시나 〈번역가의 집〉은 이 일에 최적이 아닌 것 같았다. 내가 여기서 일하고 있다는 것이 언젠가 레인의 출판사 사람 귀에 들어갈 수도 있는 일이었다. 우리는 고인의 뜻을 엄격히 따르기로 한 터였다. 조심, 또 조심할 것. 내가 하는 일은 다른 사람이 전혀 모르게 진행되어야 했다.

레인의 죽음을 둘러싼 기사는 12월이 다 가도록 계속 쏟아져 나왔다. 대중의 관심도 사그라지지 않았다. 몇몇 책은 재판을 찍어 큰돈을 벌어들이고 있었다. 그런 상황에서 작가의 유작이 있다는 사실이 알려지고 그 초판이 번역판으로 나온다면 어마어마한 돌풍을 일으킬 게 분명했다. 의심의 여지가 없는 일이다.

원고는 노란색 종이 덮개 사이에 끼워져 있었다. 나는 그 원고를 받으며 케르와 아문센에게 내 명예와 목숨을 걸고 끝까지 지키겠노라고 맹세를 해야 했다. 그들은 그것만으로는 모자랐는지 사본을 만들어 출판사 소유의 은행금고 가장 깊숙한 곳에 모셔 두었다. 아문센은 조심해서 나쁠 거 없다는 말을 덧붙였다.

내가 비행기 안에서부터 원고를 읽지 않은 게 좀 이상하게 보일 수도 있을 것이다. 하지만 그건 고집이라기보다는 일하는 방식 때문이다. 원래는 헨리 다르케의 방식인데 다른 것들과 함께 물려받아 내 것으로 만들었다. 알고 보니 이 분야에서 일하는 사람들 중 이런 방법을 쓰는 사람은 거의 없었다. 보통 인터프리테이션, 번역을 한다고 하면 텍스트를 받는 그 순간부터 읽기 시작하지만 나는 되도록이면 텍스트를 앞질러 가며 읽지 않는다. 한 문단이나 한 줄 정도, 많아 봐야 반 페이지 정도 앞서갈 뿐이다. 보통 다른 번역가들은 정반대로 일을 한다. 두세 번 정도 텍스트를 읽은 다음 번역을 시작하는 식이다. 그런데 이미 말했듯 헨리 다르케가 내게 이 방식을 추천했고, 해 보니 나한테도 잘 맞았다. 특히 헤르묜드 레인 같은 작가에게는 유용했다. 책을 읽다 보면 두 페이지 뒤에 무슨 내용이 나올지 작가 자신도 잘 모르는 것 같다는 느낌을 받게 되니까.

〈번역가의 집〉에는 각자의 방 외에 전기레인지, 냉장고, 냉동고를 갖춘 공동 부엌과 책이 꽤 많은(특히 사전이 잘 구비돼 있다. 당연한 건지 모르겠지만.) 도서관, 칸막이 쳐진 책상이 있어 조용히 일할 수 있는 곳인데, 그날따라 왠지 허름하고 낡아 보였다.

냉장고를 열어 보니 캔 맥주 몇 개, 버터 반 토막, 크리스마스 이전부터 그 자리에 있었을 것 같은 먹다 만 치즈뿐이었다. 먼지투성이인 도서관에는 들어가고 싶은 마음이 들지 않았다. 게다가 칸막이 책상 세 개에는 전등마저 고장 나 불이 들어오지 않았다. 아무리 봐도 레인의 원고를 풀어놓고 일할 만한 장소는 아니었다.

또 복도에 있는 커피 자판기도 고장이었다. 이른바 '안내 창구'라고 부르는 곳에 앉아 하루 네 시간씩 일하는 프랑크 양에게 물어보니 이미 10월에 새것으로 바꿔달라고 했지만 좀 늦어지고 있다는 것이었다. 그녀는 청소 규정에 대해 설명하려다가 내가 이미 이곳에 묵어본 적이 있어서 다 안다, 이번에는 아마 일주일 정도만 있을 거라고 하자 입을 다물었다. 내 말 몇 마디에 자존심이 상했는지 그녀는 보란 듯이 코를 팽 풀더니 아무 말 없이 다시 수를 놓기 시작했다.

나는 그대로 숙소를 나와 시내로 갔다. 그냥 평범한 화요일인데도 사람이 많았다. 적어도 중심가와 관광지는 사람으로 북적거렸다. 추위도 엄청났다. 얼어붙은 운하도 여러 개였고, 바다 쪽에서는 칼바람이 불어왔다. 나는 몸을 녹이려고 서점에서 서점으로, 또 음반가게로 돌아다녔다. 그러다 카페에 들어가 담배와 맥주를 시켜놓고 사람 구경을 했다.

여러 카페를 전전하다 문득 내가 에바를 찾고 있다는 사실을 깨달았다. 긴 생머리를 한 여자가 있으면 바로 눈길이 갔다. 이러다 에바와 눈이 마주칠지도 모른다고 생각하니 흥분되기도 하고, 약간 불안하기도 했다.

작은 산골마을에서 에바와 함께한 마지막 아침이 떠올랐다. 그녀가 애인을 만나기 위해 마지막으로 차에 올라 출발하던 모습. 그걸 보며 내가 그녀에게 느꼈던 애틋함.

그녀는 마당을 가로질러 가다 운전석 창문을 내리고 내게 손을 흔들었다. 발코니에 서서 그녀를 향해 큰 소리로 외치고 싶은 것을 꾹 참았던 기억이 난다.

나는 그녀가 그 위험한 길을 가지 못하게 막으려고 했다, 경고하려고 했다. 그리고 그녀의 차가 돌담 뒤로 사라진 순간 내 입에서는 외마디 비명이 새어나왔다. 그러나 그건 모호한 긴장감의 표현이었을 뿐 뭔가 변화시키려는 의도는 아니었다. 갈퀴로 화단에 쌓인 낙엽을 긁어내던 관리인의 귀에조차 들리지 않을 정도로 작은 소리였다.

그녀의 차가 가파른 산길로 들어서자 나는 돌아섰다. 그리고 방으로 들어가 욕실에서 오랫동안 샤워를 했다. 아니, 그러기 전에 이불 속에 들어가 책을 읽어 보려고 했다. 맞다, 그랬다……. 물론 책이 읽힐 리 없었다.

*

나는 카페에 앉아 에바를 찾거나 자그마한 가게를 들락거리며 시내 중심가를 가로질러 본델 공원과 반 배를레 가에 있는 공립 도서관 쪽으로 천천히 이동했다. 지난번에

왔을 때 보니 느지막이 문을 열고 저녁 늦게까지 운영하는 도서관이라 내가 일하기에 안성맞춤이었다.

나는 한 번도 아침형 인간이었던 적이 없다. 청소년기 이후로 내 최대 약점은 오전 중에 중요한 일을 처리하는 것이다. 저녁시간과 이른 밤이야말로 내게는 영약이며 정신적, 육체적으로 컨디션이 가장 좋을 때다. 하루의 리듬을 자신의 뜻대로 조정할 수 있는 상황이라면 아침과 오전 시간을 침대에서 보내지 말아야 할 이유가 없다는 게 내 생각이다.

내 기억이 맞았다. 문 앞에 "월요일-금요일 : 14-20시, 토요일 : 12-16시"라고 씌어 있었다. 딱 좋았다. 하지만 다른 날 오기로 하고 그날은 도서관에 들어가지 않았다. 그렇다고 해서 바로 〈번역가의 집〉으로 돌아갈 맘도 없었다. 그래서 오후 시간을 시내에서 보내기로 했다.

정처 없이 돌아다니다 보니 팔크 가와 레굴리르 수로 모퉁이에 작은 부동산중개소가 보였다. 나는 내 요구 조건을 말했다. 중심가, 되도록 본델 공원 근처일 것, 샤워 시설과 주방이 딸릴 것, 6개월 정도 묵을 곳으로 너무 비싸지 않을 것.

젊은 흑인 아가씨는 서류철을 여기저기 뒤적거리더니 두 군데에 전화를 걸었다. 그리고 적당한 게 나올 것 같기도 하다며 며칠 뒤에 한 번 더 들르라고 했다. 나는 고맙다고 말하고 늦어도 금요일에는 와보겠다고 했다.

\*

그날 나는 거의 밤이 다 되어서야 〈번역가의 집〉으로 돌아왔다. 진지한 작업을 시작하기 전에 좀 놀고 싶어서 좋은 레스토랑에서 식사도 하고, 뉴마르크트 근처에 있는 바를 돌며 몇 시간을 보냈다. 하지만 내 머릿속은 어떻게 하면 에바를 찾아낼 수 있을까 하는 생각으로 가득 차 있었다. 당장 실행에 옮길 만한 아이디어는 떠오르지 않았다. 적어도 지금 기억나는 것은 없다.

자정쯤 침대에 누웠을 때 떠오른 생각은 내가 A에 온 두 가지 이유, 그 두 사건의 베일을 벗기기는커녕 베일의 끄트머리조차 들추지 못했다는 것이었다. 하지만 나는 현장에 와 있고 일할 준비도 돼 있다. 이 밤이 지나고 나면 새로운 날이 시작될 것이고, 새 일을 시작하기에 좋은 날이 될 것이다.

아무도 발을 딛지 않은 깨끗한 미래에 대한 생각에 기분이 좋아졌던 기억이 난다. 타불라 라자(tabula rasa), 아무 것도 쓰여 있지 않은 하얀 종이, 모든 가능성이 열려 있는 그곳.

나는 그런 생각을 하며 잠이 들었다.

"당신에게 상처가 될 거 알아. 하지만 나도 어쩔 수 없어. 이제 내 길을 갈게."

그녀는 딱 이렇게 말했다. 주말 멜로드라마에서나 나올 법한 대사였다. 나는 그녀의 얼굴에 드리운 머리카락 한 올을 쓸어 넘겨주었다. 처음이었고, 또 처음이 아니었다. 우리는 편안한 부부 침대에 모로 누워 서로를 쳐다보고 있었다. 사람의 눈이란 얼마나 믿지 못할 것인가 생각했던 기억이 난다. 너무 가까이 가면 갑자기 텅 비어버린다. 영혼의 거울이란 말이 무색하게도 10 내지 15센티미터 거리에서는 마법처럼 모든 게 사라진다. 이 경계 안에는 그 무엇도 존재하지 않는다. 그 어떤 길도, 그 어떤 약속도. 미동도 하지 않는 고양이의 적대적 눈초리 같은 것도 찾을 수 없다.

타인에게 너무 가까이 다가가면 남는 것은 켜켜이 쌓인 시세포들뿐이다. 눈 시린 경험. 씁쓸한 경험이고 때로는 다시 적절한 거리 두기를 하는 데 어려움이 따르기도 한다. 어쩌면 이것이야말로 사람이 인생을 살면서 배우게 되는 것이 아닐까? 내 말이 무슨 뜻인지 이해하리라 생각한다.

내 경우에는 그녀가 혼자 힘으로 오래 버티지 못할 걸 알았다. 하지만 한번 놔주고 싶은 생각이 들었던 것도 사실이다. 그렇다, 나는 그녀를 놔주고 싶은 유혹을 느꼈다.

8월의 어느 날, 햇빛을 가득 머금은 자두처럼 따사롭고 설레는 날이었다. 3주간의 여름휴가를 앞둔 어느 날 그녀에게 남자가 생겼다는 말을 들었다. 나는 크게 웃음을 터뜨리고 싶은 것을 참았다.

바로 엊그제 일처럼 선명하다. 내 기억에 그 말을 할 때 그녀는 내 얼굴을 쳐다보지 않았다. 그녀는 여름 내내 정신과 상담을 다녔고, 상담이 끝난 지 6개월도 채 안 된 때였다. 미래를 생각하기엔 아직 일렀다. 너무 일렀다.

"아침식사 준비할까?"

내가 물었다.

그녀는 잠시 망설였다.

"그래."

그녀는 그렇게 대답했고, 우리는 이해심이 가득한 얼굴로 서로를 쳐다봤다.

"내일 출발할까?"

그녀는 아무 대답도 하지 않았다. 얼굴에 아무 표정도 드러나지 않아 무슨 생각을 하는지 알 수 없었다. 나는 부엌으로 가서 쟁반에 아침식사 거리를 챙겼다.

*

A에서의 첫째 날, 나는 에바에 대한 꿈을 꾸었다. 꽤 에로틱한 꿈이었는지 일어나 보니 강하게 발기돼 있었다. 하지만 곧 누그러졌고 대신 두통과 구토증이 일기 시작했다. 나는 아픈 머리를 부여잡고 욕실로 갔다. 그리고 변기에 앉아 어느 정도 정신을 차리고는 어젯밤 술을 얼마나 마셨는지 헤아려 보았다. 하지만 어렴풋이 떠오를 뿐 분명해지지 않는 구간이 있었다.

나는 〈번역가의 집〉 샤워실의 시원찮은 물줄기 밑에서 오랫동안 샤워를 하고 정오쯤 밖으로 나갔다. 밖은 무척 추웠다. 나는 서류 가방을 옆구리에 낀 채 막 출발하는 전차에 올라탄 뒤 속으로 내가 원하는 방향으로 가기를 빌었다.

내 예상은 맞아떨어졌다. 나는 세인튀르반에서 뛰어내려 한 카페로 들어갔다. 토스트 몇 장과 따뜻한 블랙 커피를 마시고 나니 그제야 좀 살 것 같았다.

도서관까지 남은 길은 걸어서 갔다. 도로와 운하 위로 매서운 칼바람이 몰아쳤다. 추위에 몸서리치는 이 대도시에서 살아남으려면 두터운 목도리라도 하나 있어야겠다 싶었다.

그날 도서관 데스크에는 깡마른 60대 부인 한 명뿐이었고, 긴 방한용 외투를 입고 터번을 쓴 남자가 책을 빌리는 중이었다. 이윽고 그녀가 그의 책에 도장을 찍었다. 내 차례가 되어 나는 가까이 다가가 번역 작업을 하는데 하루 서너 시간 정도 조용히 일할 수 있는 자리가 필요하다고 말했다. 그녀는 약간 수줍은 미소를 짓더니 바로 데스크를 돌아 나와 나를 사전이 있는 곳으로 안내했다. 사전이 나란히 꽂힌 책장 뒤편에 책상이 네 개씩 여섯 줄로 배열돼 있었다. 그녀는 자리를 예약하고 싶으면 그렇게 해도 되지만 굳이 그럴 필요는 없을 거라고 말했다.

나는 고맙다고 하고 맨 왼쪽 자리를 골랐다. 좁고 긴 창문에서 몇 미터 떨어지지 않은 곳이어서 창밖으로 뫼르커가와 본델 공원의 입구가 보였다. 휘 둘러보니 나와 그 부인 외에는 다른 두 사람밖에 보이지 않았다. 평소에도 그럴 것 같았다. 그녀는 내게 고개를 까딱해 보이더니 열심히 하라고 말하고 대출 데스크로 돌아갔다. 나는 자리에 앉아 노란 서류철을 왼쪽에, 노트와 새 연필 네 자루를 오른쪽에 꺼내 놓았다. 그리고 서류철에서 고무줄을 벗기고 헤르문드 레인의 마지막 원고를 공략할 준비를 했다.

*

도서관에서 나왔을 때 밖은 이미 어두워져 있었다. 서너 시간은 앉아 있었던 것 같은데 일은 3페이지 정도밖에 진척이 되지 않았다. 원고는 수수께끼 같고 까다로웠다. 레인의 이전 작품들과는 전혀 달랐다. 앞부분만 읽어봐도 알 수 있었다. 레인이 쓴 걸 몰랐다면 아마 해독해 내기 힘들었으리라. 아직까지는 배경이나 행위 같은 것도 전혀 나오지 않았다. 분명한 건 단 하나, 'R'이라는 이름의 남자가 나온다는 것이다. 첫 부분은 그 남자의 머릿속에서 흘러가는 생각, 즉 내적 독백으로 이루어져 있고 이 독백 속에는 'M'이라는 여자와 'G'라는 다른 남자가 등장한다. 이들 사이가 삼각관계로 발전해 나가지 않을까 싶은 암시들이 있긴 한데, 다른 방향으로 전개될 가능성도 얼마든지 있다. 일을 마치면서 든 생각은 아직 어떤 이야기인지 감을 잡을 수 없다는 정도였다.

첫 번째 문단을 끝내는 데만 한 시간 정도 걸렸는데 ('드크네이프'에서 식사를 기다리면서) 다시 읽어 보니 텍스트의 핵심을 제대로 짚어내지 못한 것 같았다. 아니면 느낌을 짚어내지 못했다고 해야 할까? 그 말이 맞는 것 같다. 정말 중요한 건 화음을 짚는 것이다. 그걸 제대로 파악했다는 전제하에서 각각의 단어나 표현에서 어느 정도 자유로워질 수 있는 것이다. 내가 오랜 시간 작업을 하면서 깨우친 것 중 하나다.


총체로서의 R의 시간은(원고는 이렇게 시작된다.) 더 이상 자라나지 않았다. 존재하기는 하지만 보일 듯 말 듯 가늘고 무기력한 관조의 상태 같았다. 발 디딜 곳 없는 자의 허우적거림, 칭찬을 향한 절규. 그놈의 칭찬. 이슬, 이슬처럼 쉽게 사라지는 것을. 그토록 원하고 원하며 애태웠다. 그리고 M. M은 요즘 어디에 있는 걸까? 그녀의 옆모습은 그녀가 고개를 돌리고 방을 나갔는데도 한동안 그곳에 남아 있다. 알 수 없는 여자. R의 마음속에도 그녀는 남아 있다. 그림이 그림 위로 겹쳐지고 가장자리와 가장자리가 닿는다. 세상의 모든 시간은 그렇게 함께했다. 지금 이 순간마저도. 그는 그녀를 때렸다. 손찌검을 했다. 그러나 나무가 비와 폭풍 속에 자라듯 그녀는 그의 것이었다. 고통, 분노, 불, 정화하고 치유하고 봉합하는 것들. 그리고 그들을 소개시켜 준 것은 R 자신이었다, M과 G. 아주아주 오래전에. 이것 역시 가장자리와 가장자리가 나란히, 낙숫물이 바위를 뚫듯이 때가 된 것이다. 세상은 이제 그것을 중심으로 돌아갈 것이다. 잠에서 깬 R은 혼란스러웠다. 최근 들어 모든 게 낯설게만 느껴졌다.

주문한 음식이 나왔다. 나는 스프링 노트를 접었다. 음식을 먹고 있으니 텅 비어 있는 나의 내면이 느껴졌다. 집중해서 몇 시간 동안 일을 하고 나면 그런 상태가 된다. 내 주변과 세상이 내게 가까이 다가오지 못하는 것 같은 상태.

손님으로 북적거리는 식당. 사람들이 두런거리는 소리, 작은 움직임, 그 모든 것들이 거기 그곳이 아닌 전혀 다른 매질, 전혀 다른 시간 속의 일인 것만 같았다. 아무 소리도 없는 수족관에 앉아 손에 잡히지 않는 세계를 바라보는 느낌이었다.

그럴 때는 술 두어 잔이 꽤 도움이 된다. 그날도 그랬다. 식당 밖으로 나왔을 때는 다시 예전의 나로 돌아와 있었다. 나는 숙소로 돌아가지 말고 영화관에 갈까 생각해 보았다. 솔직히 잠잘 때 빼고는 〈번역가의 집〉에 있는 그 우중충한 방에 있고 싶지 않았다. 나는 금요일까지 기다리지 말고 내일 부동산에 가 봐야겠다고 생각했다.

꽤 늦은 시간이라 극장에는 볼 만한 영화가 없었다. 그래서 인디오 음악을 틀어주는 카페에 앉아 에바를 어떻게 찾아낼 것인가 궁리하며 시간을 보냈다.

이렇게 무턱대고 거리를 돌아다니다 군중 속에서 우연히 그녀와 눈이 마주치길 바라는 건 너무 비현실적이다. 그렇다고 다른 방법이 떠오르는 것도 아니었다. 그녀를 찾아낸다는 것은 어렵지만 이 도시에서 그녀가 갈 만한 곳은 딱 한 곳뿐이었다.

콘서트. 클래식 음악.

내가 알기로 A에는 일 년 내내 클래식 공연을 하는 콘서트홀이 두 개 있다. 콘세르트헤바우와 니우 할레. 두 곳 모두 가 본 적은 없지만 안데스의 음악을 연주하는 인디오들의 피리소리를 듣고 있노라니 그곳의 공연 프로그램을 알아보고 싶다는 생각이 들었다.

그러나 그날은 더 이상 생각이 떠오르지 않았다. 아마레인의 텍스트 때문에 진이 빠진 듯했다. 아니면 술이 한두 잔 정도 과했는지도 모르겠다. 나는 자정쯤 바를 나왔다. 그리 취한 것 같지는 않아서 〈번역가의 집〉까지 걸어가기로 했다.

숙소에 도착해 보니 핀란드인과 아일랜드인이 부엌 식탁에 앉아 있었다. 핀란드인은 트롬본 같은 목소리와 북슬북슬한 수염 때문에 태고적 천둥의 신을 연상시켰다. 그들은 권주가와 음담패설을 주거니 받거니 하고 있었는데 그 대화는 밤늦도록 이어졌고, 내 방에서도 천장을 통해 간간이 터지는 웃음소리와 함께 깜짝 놀랄 욕설들이 들려왔다.

바다 쪽에서 불어오는 차가운 바람 속에 진눈깨비가 흩날리고 기온은 0도 근처를 맴도는 날씨. 1월은 시작했던 기세로 계속 이어지고 있었다.

나는 첫째 주 토요일에 거처를 옮길 수 있었다. 부동산을 통해 페르디난트 볼 가에 있는 방 두 개짜리 집을 얻은 것이다. 도서관에서 10분 거리라 위치도 좋았다. 집주인은 젊은 사진작가인데 내셔널 지오그래픽에서 주는 반년짜리 체류 지원을 받아 남아메리카로 떠났다. 계약 내용 중에는 그의 화분들과 고양이를 돌보는 것이 포함되어 있었다.

고양이는 중성화 수술을 한 느려빠진 암컷으로, 이름은 베아트리스였다. 베아트리스는 뒷마당 쪽으로 난 발코니에서 30분쯤 노는 것(가만히 앉아서 멍하니 비둘기를 쳐다보고만 있다.), 먹이와 화장실이 있는 부엌에 몇 번 들락거리는 것 빼고는 거의 아무것도 하지 않고 하루 종일 가스난로 앞에 앉아 잠자는 게 일이었다.

작은방은 암실로 쓰던 것인데, 나는 그 방을 전혀 사용하지 않았다. 단열이 잘 안 되는 집이라 거의 침대에서 지내거나 베아트리스와 함께 난로 앞 안락의자에 앉아 지내곤 했다. 그 난로가 그 집에 있는 유일한 열원이었다.

열악한 조건임에도 나는 그 집이 꽤 만족스러웠다. 무엇보다 위치가 마음에 들었다. 바로 앞 거리에 온갖 가게들이 다 있었다. 알베르트 헤인도 있고, 바도 여러 개 있고, 세탁소까지 있었다. 나중에 든 생각이지만 일부러 찾으려고 해도 그렇게 좋은 위치는 찾기 힘들었을 것이다.

거리에는 하루 종일 차와 사람이 바삐 오갔고, 변화무쌍한 풍경이 펼쳐졌다. 옷만 따뜻하게 입으면 창가에 서서 삶의 풍경을 감상할 수 있었다. 게다가 집이 3층이라 딱 잘 내려다보이는 높이였다. 그건 아마 잘 통제하고 있다는 환상. 떨어져 있긴 하지만 시간과 공간의 움직임과 단절되어 있지 않다는 생각 때문이었을 것이다.

월세는 감당할 만한 수준이었다. 화분과 베아트리스를 돌보는 조건이 붙었기 때문에 약간 흥정이 가능했다. 그리고 케르에게 전화를 해 보니 〈번역가의 집〉과 비교해 생기는 차액에 대해서는 흔쾌히 더 지출할 의향이 있는 것 같았다.

이사를 하고 나니 내 일상도 더 일률적이고 규칙적으로 변했다. 아침에는 늦게까지 잠을 자는 날이 많았다. 보통 11시나 11시 반쯤 일어나 샤워를 하고 밑으로 내려가 신선한 빵과 신문을 사왔다. 그리고 발치에 베아트리스를 둔 채 안락의자에 앉아 느긋하게 아침식사를 즐겼다. 아침을 먹는 동안에는 세상 돌아가는 소식을 읽기도 하고, 전날 작업한 원고를 고치기도 했다.

그리고 1시 45분쯤 집을 나섰다. 먼저 바람을 막아주는 작은 골목들을 산책하다가 바람 부는 루이스달 수로와 쿠이퍼란을 지나 반 배를레 가를 따라 걸으면 문 연 지 얼마 안 된 도서관에 도착할 수 있었다.

보통은 무벤루데 부인, 그러니까 첫날 내게 자리를 안내해 준 사서가 자리를 지키고 있는데, 젊은 사서 두 명 중 한 명이 있을 때도 있었다. 한 명은 수줍은 표정의 매력적인 흑인 여자, 다른 한 명은 얼굴이 불그스레하고 약간 뚱뚱한 여자다. 그들은 말을 거는 일 없이 암묵적인 동의가 담긴 표정으로 내게 눈인사를 보냈다. 무벤루데 부인과도 말을 하는 일은 별로 없었는데 사흘째 되던 날부터 매일 오후 4시 반에 차와 쿠키가 내 책상으로 배달됐다. 아마 그 시간이 그들이 잠시 쉬는 시간이었던 것 같다.

그렇게 도서관에 다니던 첫 달에는 계속 시간을 체크했던 기억이 난다. 그럴 수밖에 없기도 했다. 일주일에 4, 5회 정도 콘서트를 보러 갈 계획이었는데, 일을 마무리하고 식사를 한 뒤 콘세르트헤바우나 니우 할레 공연 시간에 맞추려면 바삐 서둘러야 했다.

나는 일주일에 몇 번씩 공연장으로 달려가 비싼 콘서트 티켓을 사는 걸 내 주머니 사정이 허락지 않는다는 사실을 곧 깨달았다. 그래서 티켓을 사지 않고 공연장 입구에서 도착하는 사람들을 살펴보는 것으로 전략을 바꿨다. 가끔은 공연이 끝나고 나가는 사람들을 보려고 입구를 지키고 서 있기도 했지만 어떻게 해 봐도 에바는커녕 에바 코빼기도 볼 수 없었다. 딱히 절망한 건 아니었지만 다른 방법을 찾아야 한다는 것만은 확실했다.

그렇지 않을 때에는 카페에 앉아 시간을 보냈다. 집에 가는 길에 있는 가게들 중 상당히 화려한 바, 〈마르츠〉나

〈두자르트〉에 가서 앉아 있곤 했는데, 가끔 사람들과 몇 마디 나누게 되는 일도 있었다. 주로 인생의 황혼기에 접어든 후줄근한 차림의 노인들이었는데, 앞으로 살 날보다 살아온 날이 많은 만큼 인생에 대한 환상 같은 게 없었고, 나는 그 점이 마음에 들었다. 왠지 홀가분해 보여서 그 홀가분함을 나눠받고 싶었다고나 할까? 가끔은 여자들과도 합석했는데, 개중에는 나와 밤을 함께 보내는 데 이의가 없을 사람도 있었지만 내 쪽에서 먼저 적극적으로 나서지는 않았다.

어쨌든 밤 1시 이전에 잠드는 일은 거의 없는 날들이었다.

첫 한 달 동안 나는 에바에 대한 생각을 자주 했다. 여기 A에서 베토벤 공연을 녹음할 때 에바가 청중석에 앉아 있었다는 건 무엇을 뜻하는 걸까? (확인해 본 결과 그 공연은 실제로 콘세르트헤바우에서 열렸다.)

하지만 사실 내 정신을 온통 빼앗은 것은 역시나 레인의 텍스트였다. 무척 까다롭고 복잡한 텍스트였다. 첫 부분도 예외는 아니었는데 얼마 지나지 않아 일종의 매혹이 느껴졌다. 뭔가 숨겨져 있는 것 같은 느낌이었다. 마치 원고 속에 그가 엄청나게 애써서 숨겨 놓은 메시지 혹은 서브텍스트가 존재하는 것 같았다. 그게 뭔지는 모르지만 뭔가 다른 게 더 있다는 건 일찌감치 알아챘다. 텍스트는 빽빽한 숲과 같았고, 삐죽삐죽 솟아난 곁가지들 천지였지만 그 모든 것 너머에는 단순 명쾌한 어떤 것이 존재했다. 작업이 진행될수록 그 느낌은 점점 강해져 갔다.

원고 매수도 그리 많지 않았다. 160쪽 정도니까 일주일에 15쪽씩 해나간다면 3월에서 4월로 넘어갈 때쯤이면 완성될 것이었다. 물론 수정과 교정 작업이 남아 있지만 약속 기일인 6월에는 끝날 게 분명했다.

하지만 처음에는 그 서브텍스트 때문에 도무지 진전이 없었다. 혼란스럽고 짜증만 났다. 레인의 이전 작품들 중 이 정도로 복잡하고 난해한 작품은 없었다. 게다가 출간과 관련한 엄격한 규정도 한몫했다. 모국어가 아니라 번역본으로 책을 내려 한 이유가 분명 있었을 것이기 때문이다.

케르와 아문센이 기록물을 뒤져 봤다는데 번역본을 먼저 출간한 예는 없었다. 물론 솔제니친처럼 독재체제에서 몰래 원고를 빼낸 경우는 몇 건 있었지만 레인과 같은 경우는 없었다. 처음에는 나도 그 이유에 대해 더 깊이 생각하지 않으려 했다. 그러나 일이 진행되고 책 속으로 빠져

들수록 다름 아닌 이 텍스트 속에서 그 이유가 드러날 거란 확신이 들었고, 그 확신은 점점 강해졌다. 그 이유는 세상 그 어디도 아닌 헤르문드 레인의 텍스트 속에 숨겨져 있었다.

그럼에도 불구하고 나는 텍스트를 앞서가 읽지는 않았다. 조금도 흔들림 없이 굳건하게 내 방식대로 한 줄 한 줄, 한 문단 한 문단, 한 장 한 장 번역을 이어 갔다. 빨리 읽어 보고 싶은 유혹이 있었지만 과감히 떨쳐냈다.

레인의 텍스트는 뭐라고 표현하기 참 힘들었다. 가장 눈에 띄는 문체라면 내적 독백인데, 주인공 R과 저자 사이를 왔다 갔다 하는 식이었고, 때로는 M이라는 여자를 향하기도 했다. 그리고 (적어도 초반에는) 유일한 제삼의 인물로 G라는 남자가 나오는데, 레인은 약간 몽환적인 분위기 속에서 세 사람 사이의 관계를 밀도 있게 그려 냈다. 이미 말했듯이 이 세 사람 사이에 어떤 관계가 있음은 꽤 초반부터 나온다. 그 관계는 작품 여기저기서 전혀 다른 톤과 언어로 언급됐다. R과 M의 사이는 그리 좋지 않았다. 그리고 R과 화자의 거리가 극히 가깝다는 것도 바로 알 수 있었다.

하지만 1월이 다 갈 때까지 알아낸 것도 그게 전부였다.

만약 에바의 일로 그렇게 생각이 많지 않았다면, 에바를 찾아다니는 데 힘을 쏟지 않았다면 더 빨리 진짜 관계를 알아낼 수 있었을지도 모른다. 그러나 그건 이론상 그렇다는 것일 뿐, 사실은 한 가지 일에 열중할 수 있었기 때문에 나머지 하나에서 풀려날 수 있었는지도 모른다.

돌이켜 생각해 보면 항상 두 가지 일 중 하나에 완전히 매몰되어 있던 나 자신이 놀랍기도 하다. 헤르문드 레인의 텍스트에 푹 빠져 있거나 눈에 불을 켜고 사라진 아내를 찾아다니거나 둘 중 하나였다. 그러나 절대 그 둘을 섞지는 않았다. 내 방식은 그 둘을 물과 기름처럼 떨어뜨리는 것이었고, 내 생각에는 그게 올바른 방법이었다.

1월이 끝나갈 무렵이 되자 아무 성과도 없이 공연장 입구를 지키고 서 있는 일에 싫증이 났다. 나는 새로운 방법을 찾아야겠다고 결심했다. 전화번호부 '사립 탐정'란에 보니 열여섯 개도 넘는 이름과 주소가 죽 나열되어 있었다.

어느 날 저녁, 나는 도서관에서 일을 마친 후 에드가 L. 매르텐스라는 사람과 약속을 잡고 프로하스카 광장에 있는 사립 탐정 사무실로 찾아갔다.

*

"문제가 뭔지 말씀해 보실까요?"

으레 하는 인사를 주고받은 뒤 우리는 담배와 맥주를 앞에 놓고 마주 앉았다. 그는 생각보다 나이가 많아 보였다. 예순쯤 됐을까? 짧게 깎은 회색 머리에 부드러운 푸른 눈이 왠지 모르게 신뢰감을 주었다.

"이 분야에서 오래 일하셨습니까?"

내가 물었다.

그는 짧게 너털웃음을 웃었다.

"30년 됐습니다."

"그렇게 오래요?"

"세계 신기록입니다. 마음 놓고 말씀하셔도 됩니다. 자, 문제가 뭐죠?"

나는 재킷 안주머니에서 사진 몇 장을 꺼내 탁자에 내려놓았다.

"여자 문제인가요."

그건 질문이 아니었다. 지친 듯 내리는 단정이었다. 그는 담배 연기를 한 모금 빨아들인 후 나를 쳐다보았다. 나는 침묵하는 쪽을 택했다.

"먼저 이것부터 물어봅시다. 정말 진심으로 이 일을 진행시키고 싶으신 겁니까?"

그의 목소리에서 짙은 체념이 묻어났다. 나는 고개를 끄덕였다.

"감시입니까? 아니면 실종?"

"실종이요."

내가 대답했다.

"좋습니다."

그가 말했다.

"실종자 찾는 게 더 낫긴 하죠."

"왜죠?"

그는 대답하지 않았다.

"언제 실종됐습니까?"

"3년 전입니다. 3년이 넘었네요."

그는 메모를 했다.

"이름은?"

나는 이름을 말해 주고 지금은 분명 그 이름을 쓰지 않을 거라고 덧붙였다.

"확인해 보셨습니까?"

"네. 알아봤는데 A에 그런 이름을 쓰는 사람은 없었습니다."

"찾으시는 분이 이곳에 체류 중이라고 생각하는 이유가 있습니까?"

나는 고개를 끄덕였다.

"그럼 지금부터 그 얘기를 짤막하게 요약해서 해 보십시오."

나는 그가 원하는 대로 했다. 결정적인 부분은 말하지 않았지만 중요하다고 생각되는 것은 빼놓지 않고 말했다. 그는 처음에는 아무 반응이 없다가 탁자 위로 자세를 낮추고 에바의 사진들을 자세히 들여다보았다.

"좋습니다."

그가 말했다.

"일을 맡겠습니다."

그가 거절할 거라고는 꿈에도 생각하지 못한 터라 나는 그제야 내가 의뢰하는 일이 그에게 아주 매력적이지 않음을 알 수 있었다.

"한 달 잡읍시다. 앞으로 한 달 동안 냄새를 맡지 못하면

안타깝지만 접어야 할 겁니다. 익명으로 조용히 진행하길
바라시겠죠?"

"네, 아주 조용히."

그는 고개를 끄덕였다.

"보수 문제는……."

그는 슬슬 대화를 끝내려는 듯 보였다.

"성공이라고 할 만한 게 없을 경우에는 반만 받습니다."

그는 메모지에 숫자 두 개를 쓰더니 내가 볼 수 있게 내
쪽으로 돌렸다. 액수를 보니 한 달 뒤에 계속 그를 고용하
는 게 무의미하겠다는 생각이 들었다.

"성공 확률은 어떻게 보십니까?"

내가 물었다.

그는 어깨를 으쓱했다.

"만약 그 여자분이 정말 이 도시에 있다면 아마 흔적을
찾아낼 수 있을 겁니다. 우리 스태프가 따로 있거든요."

"셜록 홈즈처럼요?"

"뭐 비슷합니다. 그분이 사라질 이유가 있었습니까? 제
말은 아까 그 이야기에서 추론할 수 있는 것 말고 다른 이
유 말입니다."

나는 잠시 생각했다.

"없습니다……."

"망설이시는데요?"

"적어도 제가 아는 범위 내에서는 없습니다."

"그분을 3년간 못 보셨다는 거죠?"

"곧 3년 반이 되네요."

그는 담배를 비벼 끄고 자리에서 일어섰다.

"그분을 정말 찾고 싶으신 거 맞습니까?"

나는 그가 질문을 물고 늘어지는 것에 슬슬 짜증이 났다.

"그걸 왜 물으시죠?"

"여자 문제는 보통 3년 정도면 극복되거든요. 그런데 그런 경우가 아니신 거죠?"

나도 자리에서 일어섰다.

"네, 저는 그런 경우가 아닙니다."

그는 다시 어깨를 으쓱했다.

"선불로 100유로짜리 몇 장 놓고 가시면 됩니다. 가끔 일의 진척 상황을 보러 들르실 생각이시겠죠?"

나는 고개를 끄덕였다.

"그럼 월요일과 목요일에 오시는 게 좋습니다. 급하게

알릴 사항이 있으면 바로 연락드릴 거고요."

나는 그와 악수를 하고 헤어졌다. 밖으로 나오니 빗줄기가 거세어져 있었다. 나는 괜찮아 보이는 바가 있으면 바로 들어가야겠다고 생각하며 빠르게 걸음을 옮겼다.

들어와서 보니 바의 이름은 〈네메시스〉였다. 나는 흑맥주를 홀짝이며 이 이름을 좋은 징조로 여겨야 할지 나쁜 징조로 봐야 할지 생각했다. 어쨌든 지난 몇 주간 제자리걸음만 해 오다 겨우 진전이 있으니 활기가 생기는 듯했다. 당분간은 거기에 희망을 걸어볼 수 있었다. 어느 정도 비가 그치고 발을 적시지 않고 집에 돌아갈 수 있게 될 때까지 나는 몇 시간 더 〈네메시스〉에 머물렀다.

침대에 기어든 게 몇 시나 됐는지 기억도 나지 않지만 아침에 깨어 보니 2월이 돼 있었고, 빨간 머리 여자가 내 옆에 누워 있었다.

나는 그녀에게 이름이 뭔지 물어보지 않았고 그녀도 통성명에는 관심이 없는 듯했다. 그녀는 수선 떨지 않고 조용히 샤워를 한 후 나갔다. 그녀가 남긴 것이라곤 베개 위에 머리카락 몇 개와 샤넬No.5의 잔향뿐이었다.

나는 밖이 완전히 밝아질 때까지 침대에 누워 있다가 겨우 일어나 도서관에 갈 채비를 했다. 그러나 바람이 너무 세게 불어서 집을 나섰다가 금세 다시 안으로 들어갔다. 그리고 시나몬커피를 끓인 다음 히터를 가장 세게 틀어놓고 베아트리스와 함께 안락의자에 앉았다. 그리고 사진작가가 두고 간 카세트로 바흐의 브란덴부르크 콘서트를 들었다.

음악에 가만히 귀를 기울인 채 에바를 생각했다.

*

우리는 8월 15일에 출발했다. 계획대로 독일에서 며칠 묵을 생각이었다. 거기서 지내는 동안 내가 에바를 정말 사랑하고 있다는 느낌을 받았다. 결혼한 지 거의 8년째 됐을 때인데 그전에는 그녀에 대한 사랑의 감정을 그렇게 강하게 느낀 적이 없었다. 우리의 관계는 잘 익은 과일처럼 맛이 들어서 서로 다른 두 사람 사이에 그럴 수 없을 정도로 조화로웠고, 나도 그걸 알고 있었다. 하지만 그게 근본적으로 무엇 때문인지는 알지 못했다. 나는 아내에게서 전에 보지 못한 모습을 발견했지만 그녀가 변한 건지 아니면 내가 변한 건지 알지 못했다. 당시에도 몰랐고 나중에도 마찬가지였다.

그렇게 사랑의 감정이 새록새록 피어날 때인지라 다른 남자가 생겼다며 헤어지자는 그녀의 말이 내게는 버겁기 짝이 없었다. 나는 그녀에게서 그 미친 생각을 떨쳐 내려고 여러 가지 방식으로 시도했다. 그러다 도대체 상대가 누구냐고 묻기에 이르렀다.

"마우리츠."

그녀가 짤막하게 답했다.

고속도로 휴게소에서였다. 거기서 우리는 커피와 함께 달걀샌드위치를 먹었다. 화창한 날씨였고 얼룩소들이 토끼풀 언덕에서 천천히 풀을 뜯고 있었다. 내 기억으로는 언덕 아래로 작은 시내가 흘렀던 것 같다. 어느 모로 보나 아름다운 곳이었다.

"마우리츠 빙클러?"

"응."

"정신 나갔어?"

내가 말했다.

"여자들은 심리상담사와 사랑에 빠질 수밖에 없다, 뭐 그런 헛소리를 믿는 거야?"

그녀는 진지한 표정으로 나를 쳐다봤다.

"당신에게 상처 준다는 거 알아."

그녀가 이미 한 말을 반복했다.

"하지만 내게 남은 건 이 진심뿐이야. 산 밑에서 기다리기로 했어. 거기서 만나기로 약속했거든."

그 말이 채 끝나기도 전에 나는 그녀를 때렸다. 그리고 그 후 며칠 동안 아무도 그 얘기를 꺼내지 않았다.

*

2월 첫째 주가 돼서야 레인의 텍스트에 숨겨진 메시지가 보이기 시작했다. 다는 아닐지라도 한 단면은 파악할 수 있었다.

어느 날 저녁, 도서관 문 닫는 시간이 다 되어갈 무렵, 일을 마치고 그날 작업한 부분을 읽어 보고 있었다. 마지막 부분은 이랬다.

절대적 순간에 대한 R의 모든 집착은 밖으로 드러나선 안 되었다. 여자는 그것을 오래전부터 통찰하고 있었다. 함께하는 삶, 함께하는 각자의 삶, 가족을 위해 희생하는 삶, M에게는 처음부터 그런 의심이 존재하지 않았다. 해변에 있으면 그냥 해변에 있는 거였다. 그냥 거기 그렇게 있을 뿐 그 밖의 다른 건 없었다. 바다, 그림자, 비명을 질러 대는 갈매기. 그냥 거기 돌처럼 무거운 확신 *속의* 존재. 아, 불임의 어머니 무효! 차가운 물고기. 차가운 물고기들. 미역. 썩어가는 미역, 바람. 그 무엇도 극복하려 하지 않고, 아무것도 내주지 않는 바람. 길고 긴 여행에서 돌아와 아무 말도 전하지 않는 바람. M은 그런 여자였다.

이 '속의'라는 단어. 텍스트를 아무리 작은 구간으로 나눠 읽어 봐도 무슨 목적으로 이 전치사를 이탤릭체로 쓴 건지 도저히 납득이 가지 않았다. 그러다 문득 전에도 이렇게 의미 없이 강조된 단어들이 있었다는 생각이 들었다.

뒤로 넘겨 찾아보니 두 개가 나왔다. 4쪽에 '재가 된'과 16쪽에 '흙'.

'… 재가 된 흙.'

바로 그때 무벤루데 부인이 다가와 인기척을 냈다. 나는 짐을 싸서 도서관을 나왔다. 그리고 집으로 돌아온 뒤 다시 텍스트를 꺼내 찾아보았다. 다 훑어보는 데 10분 정도 걸렸고, 이탤릭체로 된 단어는 딱 두 군데에 더 있었다.

63쪽에 '작가'.

158쪽에 '처럼'.

'재가 된 흙 속의 작가처럼.'

나는 잠시 그 연관관계를 추론해 보았다. 처음부터 예상하고 있었지만 일단 단서를 발견하고 보니 '역시나' 하는 확신이 들었다. '재가 된 흙'은 단편소설 모음집 『꿈의 지붕』에 들어 있는 이야기 제목이다. 아주 짧은 희비극 작품으로, 소설가로서 최고 전성기를 누리던 작가가 아내가 자신을 죽이려 한다는 강박에 시달린다는 내용이다. 다음 순간 두 가지 모순적인 감정이 엄습해 왔다.

하나는 분노였다. 짜증이라고도 할 수 있지만 분노에 가까운 짜증이었다. 정말 어이가 없었다. 거의 해독해야 하는 수준의 이 복잡, 난해한 텍스트에 몰래 뭘 감춰 두다니! 정말 천박하기 이를 데 없었다. 꾹꾹 눌러 놓았던 레인에 대한 적개심이 새삼 의식 위로 솟구치며 케르에게 원고를 돌려보낼까 하는 생각까지 들었다. 원고를 보낼 테니 불태워버리든지 나보다 덜 세심한 번역가에게 맡기라고 소리치고 싶었다.

두 번째 감정은 말로 표현하기 힘든 복잡한 것이었다. 두려움에 가깝다고 해야 할 것이다. 내가 화가 나고 짜증이 난 것은 이 고도의 위협적 감정에 대한 방어 기제였던 것이다. 위협에 대응해 나도 모르게 자동적으로 작동하는 심리적 응급조치 말이다.

재가 된 흙 속의 작가처럼?

작품이 나온 지는 10년, 내가 번역한 지는 5년쯤 됐다.

도대체 여기에 무슨 뜻이 담겨 있단 말인가? 나는 그 이야기의 결말을 기억해 내려 했지만 떠오르지 않았다.

　나는 창가에 가서 섰다. 불을 끄고 창밖에 펼쳐진 현실 세계를 바라봤다. 그 순간의 현실은 흐린 납빛 하늘과 불 켜진 쇼윈도, 건물들의 어두컴컴한 실루엣으로 이루어져 있었다. 무스켄 수면센터, 하바나길라 그릴 식당, 알베르트 헤인 슈퍼마켓, 자전거를 타고 지나가는 사람들, 주차된 차들. 빠르게 달려가는 전차 소리, 휙휙 지나치고 다시 나타나는 자동차들, 바람에 흔들리는 가로등. 멈춰 있는 것들과 사라지는 것들. 그때 그런 생각을 했던 게 지금도 기억난다. 그리고 또 하나 기억나는 것은 그때도 그 생각에 대한 언어를 찾을 수 없었다는 것이다.

　창가에 서 있던 그때, 언어에 대한 나의 경멸이 그때처럼 강했던 적은 없었다. 머릿속 한구석에서는 레인의 이탤릭체들이 소란스러웠다.

　나는 그렇게 서 있다가 안락의자로 가 베아트리스를 무릎 위에 앉힌 채 어둠 속에 한참을 앉아 있었다. 그러다 밖으로 나가 근처에 있는 카페를 돌아다니며 취할 목적으로 술을 연거푸 들이켰다. 불안은 손이 닿지 않아 긁을 수 없는 가려움 같았다. 피부 바로 밑에서 불규칙적으로 깜빡이는 불빛처럼 나를 따라다녔다. 그 불안은 결국 만취한 채 비틀비틀 계단을 올라와 화장실에서 모두 토하고 난 뒤에야 조금 가라앉았다.

*

다음 날 오전, 일어나 보니 해가 비치고 있었다.

나는 도서관으로 가지 않고 본델 공원에 가서 햇빛이 비치는 동안 발길 닿는 대로 돌아다녔다. 그리고 어제 있었던 일과 관련해 결론을 내리고 저녁에 케르에게 전화를 걸었다.

"잘 돼가요?"

그가 쾌활하게 물었다. 하지만 목소리에서 약간의 불안이 묻어났다.

"잘 돼갑니다."

내가 대꾸했다.

"몇 가지 정보가 필요해서요."

"뭔데요?"

"레인의 부인 이름이 뭡니까?"

"미리엄. 미리엄 카다르요. 왜 그러는데요?"

나는 대답하지 않았다.

"사망 보도 좀 보내 줄 수 있어요?"

"사망 보도요? 레인 거요?"

"당연히 레인이죠. 요약된 걸로 보내 주세요. 공연히 이목을 끌 수도 있어서 여기서 요청하기가 좀 그래요."

"아, 네. 당연하죠. 이해합니다."

그는 말만 그렇게 했지 정말 이해하는 것 같지는 않았다.

"신문기사 꼼꼼히 한번 훑어봐 줄 수 있죠?"

"원고랑 관련된 거예요?"

"관련됐을 수도 있어요."

"와, 대박인데요."

"최대한 빨리 보내 주세요, 알았죠?"

"네, 알겠습니다."

나는 통화를 마치고 공중전화 부스에서 나왔다. 그럴 의도는 아니었는데 결국 케르와 아문센이 레인 프로젝트에 더 열광하게 만들어버렸다. 그 둘이 초조하게 입맛을 다시는 모습이 눈에 선했다. 이상할 것도 없다. 유명한 신신비

주의 작가의 유작을 출간하는데 그 책이 작가의 죽음에 새로운 빛을 던져 준다면 출판사로서는 더할 나위 없이 상품성이 올라가는 일이고, 그런 매력적인 상품을 팔지 못한다면 출판사를 때려치우고 다른 일을 찾는 게 나으리라.

계속 진도를 나가야 하는 상황이지만 나는 팍팍한 텍스트를 붙들고 도서관에 앉아 끙끙거리기가 싫었다. 레인의 원고는 나를 매혹시키는 동시에 내게 반발심을 불러일으켰다. 그러나 그 당시 내가 무엇보다 경계했던 건 레인의 죽음에 대해 커져만 가는 내 호기심이었다. 문득 케르와 통화할 때 레인 주변에 G라는 사람이 있는지 물어볼 걸 그랬다는 생각이 들었다. 하지만 이미 늦어버렸으니 다음 기회로 미루기로 했다.

당시 내가 품었던 의심은, 의심이라고 표현하자면, 대상도 근거도 없는 막연한 것이었다. 시간이 지나면서 더 명확해지긴 했지만 이해하기 힘든 표현들과 씨름을 해나가는 와중에도 나는 그 모든 걸 문학적 상상력의 산물로 받아들일 준비가 돼 있었다. 기묘한 우연의 일치이거나 번역가의 과도한 해석 그 이상은 아닐 거라고 생각한 것이다.

*

　사립 탐정 매르텐스와의 만남은 규칙적으로 이루어졌
다. 매주 월요일과 목요일 도서관에서 일을 마친 다음 프
로하스카 광장에 있는 그의 사무실에 찾아갔다. 그는 매번
안타깝다는 표정으로 어깨를 으쓱했다. 그런 일이 반복되
자 처음에 품었던 희망도 차츰 사라져 갔다. 내 입장에서
는 이미 꽤 많은 돈을 지불했는데, 그는 아무런 성과도 내
지 못한 데 대해 어떤 불편한 마음도 가지지 않는 것 같았
다. 그래서 한번은 대놓고 물었다. 앞으로 찾을 가능성이
있기는 하냐고. 그런 진단은 불가능하다는 대답이 돌아왔
다. 그날 저녁, 아마 2월 중순이었을 것이다. 탐정 사무소
를 나올 때 나는 무척 의기소침해 있었다.

　레인의 원고는 꾸역꾸역 하다 보니 90쪽까지 왔다. 즉
절반은 넘은 상태다. 하지만 그 즈음의 작업은 더디기만
했다. 도저히 번역 불가능한 표현들이 심심치 않게 나타났
고, 적절한 뜻과 표현을 찾아내는 데는 문제가 없었지만 다
해놓고 보면 아무 의미도 없어 보이기 일쑤였다. 말이 되
긴 하지만 의미를 더 찾아내야 할 것만 같았다. 막무가내

로 이어지는 내적 독백은 주로 주인공 R에서 뻗어나갔고 몽환적인 양상을 보이기도 했는데, 심상이 아니라 그냥 단어와 단어의 덩어리 위에 세워진 것이었다.

그 텍스트 속에 뭔가 숨겨진 메시지가 있을 거란 생각은 점점 내 머릿속에서 옅어져 갔다. 내가 기대할 수 있는 건 지금까지와 똑같은 언어의 범벅뿐일 것 같았다. 그리고 과연 이런 퍽퍽한 산문에 호응해 줄 독자가 있을지 차츰 의문스러워지면서 케르와 아문센이 너무 일찍 입맛을 다신 것인지도 모른다는 생각이 들었다. 물론 그 '작가처럼' 문장에 대해 더 생각해 볼 수는 있었지만 그 여섯 단어 속에 그 작품 전체의 의미가 담겨 있다는 건 말이 되지 않았다.

그날 저녁, 정확히 기억하는데 그날은 2월 15일이었다. 〈네메시스〉에 들어섰을 때 나는 레인에게 지옥행 저주를 퍼붓고 싶은 심정이었다. 물론 그러지 않아도 거기 있겠지만.

나는 선 채로 맥주 두 잔을 마시고 곧장 집으로 갔다. 계단에 우편물이 놓여 있었다. 그날은 우편물이 하나뿐이었고 상당히 두꺼운 편지였다. 발신인란에 케르의 이름이 적혀 있었다. 드디어 내가 부탁한 자료가 도착한 것이었다. (나중에 알고 보니 딸이 사고를 당해 늦어졌다고 했다.)

잠시 후 나는 차 한 잔을 옆에 놓고 베아트리스를 무릎에 앉힌 채 안락의자에 앉아 케르의 편지를 읽었다. 모두 여섯 장이었다. 꽤 애쓴 흔적이 보였다. 다 읽은 다음에는 바로 다시 한 번 죽 훑어보았다. 사실 특별히 관심을 끌 만한 내용은 없었고, 내가 몰랐던 사실이 들어 있지도 않았다. 하지만 그렇게 사건을 응축된 형태로 눈앞에 펼쳐 놓고 보니 어딘가에 지금 번역하고 있는 작품과의 접점이 있는 것 같다는 생각이 들었다. 나는 내일 지금까지 번역한 원고를 다시 한 번 처음부터 찬찬히 읽어 봐야겠다고 생각했다.

　레인의 죽음은 언뜻 보면 특이할 게 없었다. 11월 19일 그는 아내와 출판사 대표를 대동한 채 베렌제에 있는 지인 부부의 집으로 갔다. 저녁부터 시작해 밤새 비가 내렸고, 다음 날 정오쯤 일어난 레인의 아내는 타자기에 꽂혀 있는 남편의 유서를 발견했다. 짤막했고, 유서라고 하기엔 모호한 점이 있었다(그 내용은 거의 밖으로 새나가지 않았다.). 그날 저녁 북쪽으로 10킬로미터쯤 떨어진 만의 해안에서 레인의 모터보트가 절벽에 부딪힌 채 발견되자 사람들은 그 연관 관계를 이해하기 시작했다.

경찰에 사건이 넘어갔지만, 이미 알려졌듯이 마리암 카다르가 유명인사인 남편이 밤새 보트를 타고 나가 자발적으로 바다의 품에서 생을 마쳤다는 걸 믿을 수 없다고 해서 언론 발표는 일주일이나 미뤄졌다. 언론에 알려진 유일한 문장은 "내가 다시 떠오른다면 모두에게 못할 짓이니 집에 있는 청동상을 가져갈게."였다. 오래전부터 레인의 집에 있었다는 그 청동상은 15킬로그램이나 나가는 것으로, 실제로도 없어졌다. 따라서 레인이 그 청동상을 몸 어딘가에 묶은 채 배에서 뛰어내렸을 거라는 추측이 나왔다.

또한 배가 발견된 위치, 당시 바람과 파도의 상태, 레인과 청동상을 합한 무게를 토대로 계산하는 등 레인의 유해가 어디쯤에서 마지막 안식처를 찾았는지 알아내려는 노력이 있었다. 하지만 당연히 오류의 위험이 컸고, 레인의 시체를 물 밖으로 끄집어 낼 수 있겠는가 진단하는 것은 바다 밑에 가라앉은 아틀란티스를 찾아낼 수 있는가와 비슷한 수준이었다. 그래서 사람들은 처음부터 일을 크게 벌이지 않았다. 더 정확히 말하면 수색하고 있다는 것만 보여 주고 필요 이상의 노력은 하지 않았다.

자살 원인에 대해서는 여러 가지 반응과 추측이 있었지

만 그런 경우 일반적으로 나오는 추측의 범위를 넘지 않았다. 왜 그랬을까? 미리 알 수는 없었을까? 정작 본인은 신호를 보냈는데 다른 사람들이 몰랐던 건 아닐까? 그런 것들 말이다.

그러나 우리가 옆 사람에 대해, 그를 움직이는 근원적 동기에 대해 뭔가 알고 있기는 한 걸까? 《알게마이네》지의 '베이만'이라는 기자 역시 그저 일반적인 자살 동기를 논하고 있었다. 레인 개인에 관한 것은 전혀 아니었다.

그게 전부였다. 케르도 궁금하다며 왜 이 자료가 필요한지 알려달라고 했지만 나도 그 이유를 모르는데 종이 펴고 앉아 리포트를 작성하고 싶은 마음은 없었다. 나는 종이뭉치를 다시 봉투에 집어넣고 일어나 창가로 갔다. 그리고 차량 통행이 뜸해진 페르디난드 볼 가를 내려다보았다. 모든 게 공허하고 무의미하게 느껴졌다. 그렇게 담배를 피우며 몇 분 서 있는 동안 나도 모르게 그런 생각을 했던 것 같다.

이대로 머리부터 떨어지면 죽을까? 죽을 것 같지는 않았다. 어디 한 군데 부러져서 평생 장애를 달고 살면서 우울증에 시달리겠지. 결코 호사를 누리는 삶은 아니리라.

그런 감정이 누그러들자 차츰 동력이 생기는 것 같았다.

나는 마리암 카다르를 만나봐야겠다고 생각했다. 그걸로 얼마나 더 큰 호사를 누릴지, 그건 물론 미지수다. 그러나 그렇게 결론을 짐작할 수 없는 일들을 만날 때에야 비로소 우리의 뻣뻣해진 혈관에 쿨럭쿨럭 피가 돌지 않던가.

어디선가 본 글귀인데 어디서 봤는지 기억이 나지 않는다.

산악도시 그라우에스에 도착했을 때는 이른 아침이었다. 우리는 밤새 차를 달려 그곳에 도착했다. 정확히 말하면 운전은 내가 했고, 에바는 프랑스 비아리츠에서 산 파란색 체크무늬 이불을 덮고 뒷좌석에서 잠을 잤다. 내가 라디오에서 풀렌스와 사티의 노래를 듣는 동안 골짜기에는 서서히 어둠이 걷혔고, 에바는 잠이 들었다.

아름다운 아침 풍경이었다. 정말이지 그랬다. 아기자기한 집들, 좁은 골목과 산이 씻은 듯 말간 얼굴로 우리를 맞았다. 나는 바닥이 울퉁불퉁한 시장 광장에 차를 세웠다. 시장 문은 닫혀 있었다. 나는 물이 졸졸 흐르는 분수대에서 가볍게 세수를 해서 피로를 씻었다. 동쪽 산마루 위로 막 떠오른 해가 고이 잠들어 있는 도시 위로 부드러운 빛을 던졌다. 나는 머리가 젖은 채 그 광경을 바라보며 이렇게 이른 아침이라면 세상 그 어느 곳에서라도 똑같을 것 같다고 생각했다. 그리고 에바를 깨웠다. 그러나 에바는 잠에 취해 일어나지 못했다. 나는 빠르게 지나가버리는 그 강렬한 순간을 함께하지 못하는 것이 영 서운했다.

우리는 예약한 호텔로 갔다. 중심가에서 꽤 떨어진 곳이 었는데, 가까이에 깎아지른 듯한 절벽이 있고 방에서 내려 다보이는 골짜기 반대편의 산풍경이 무척 아름다운 호텔 이었다. 체크인을 한 후 에바는 다시 잠이 들었다. 조금 시 간이 걸리긴 했지만 곧 나도 잠이 들었다.

그곳은 관광지였지만 겨울 관광지로 유명한 곳이어서 인지 사람이 그리 많지는 않았다. 에바와 함께 한 바퀴 돌 아보니 시끌벅적한 미국인과 독일인 관광객들이 혼잡하지 않을 정도로 섞여 있었다.

우리는 식당 세 곳 가운데 한 곳에서 식사를 했다. 에바 는 우리가 더 이상 함께할 수 없어서 정말 마음이 아프다 고 말했다. 나는 약간 빈정거리는 투로 그 애인이 언제 나 타나는 거냐고 물었다. 그녀는 이미 이곳에 와 있다며, 다 음 골짜기에 있는 작은 마을에 와 있고 저녁에 전화하기로 했다고 대답했다.

우리는 계산을 마치고 호텔로 돌아왔다. 그리고 방 발코니에 앉아 와인 한 병을 나눠 마셨다. 그녀는 안내 데스크에서 전화를 하고 오겠다며 잠시 1층에 내려갔다 왔는데, 돌아왔을 때 보니 얼굴에 맑고 환한 기운이 서려 있었다. 연애 초기에 간혹 보았던 모습이다. 나는 내 잔에 술을 더 따르며 절대로 그녀가 남의 여자가 되는 일은 없게 하겠다고 스스로에게 다짐했다.

잠시 후 우리는 사랑을 나눴다. 가끔 하던 대로 격하고 대담한 사랑이었다.

"이런 말 하게 돼서 정말 미안하지만 우리가 함께 자는 건 이게 마지막이야."

욕실에서 나온 에바가 말했다.

"에바, 당신은 내 거야."

내가 말했다.

"딴 생각 하지 마."

에바는 아무 대답도 하지 않았다. 우리는 한동안 나란히 누운 채 잠들기를 기다렸다. 이미 그때 나는 에바가 하는 말이 진심이고 내가 패배했다는 걸 알고 있었다. 하지만 내게는 어떻게 패자가 되느냐 하는 것 또한 중요했다.

레인의 텍스트는 95쪽에 이르자 갑자기 분명해지기 시작했다. 다음은 진눈깨비가 흩날리고 을씨년스러운 날씨가 이어지던 2월 20일경 번역한 부분이다.

R의 집착은 그들의 핵심, 그들의 실재, 그들 존재의 모든 상황을 사고와 언어로써 비워 낼 수 있다는 데서 그치지 않았다. 거기에는 정복, 현실을 강제하는 것까지도 포함되었다. 폭로, 펜의 마법으로 그들을 꼼짝 못하게 하는 것은 그들에 대한 승리를 의미했다. M과 G. 지금 무슨 일이 일어나고 있는지 마지막 한 글자까지 동원해 세세히 기술하고 까발리는 것, 그것은 그 일을 무효로 만드는 일이었다. 그것이 그의 믿음이었다. 그는 열에 들떠 밤낮으로 집필 메모를 하고 자신이 직접 무기가 되어 그들을 죽이고, 죽이고 또 죽였다. 그러나 그들은 여전히 그의 눈앞에 서 있었다. M과 G. 그들은 여전히 거기에 있었다. 육신을 가진 존재로서. 두 개의 존재, 하나의 존재, 모든 존재, 그리고 그 빌어먹을 집착은 그의 푹 꺼진 늙은 가슴팍을 향해 창과 칼날들을 들이대는 것이었다. 그녀와 그. 그와 그

녀. 그가 알고 있다. 그녀가 알고 있다. G가 알고 있다. 이제
머릿속에서 빠져나와야 한다. 마음 밖으로 나가야 한다. 일의
추이를 한눈에 파악할 수 있는 높은 절벽을 찾아야 한다. 그들
이 무슨 일을 벌이려 하는지 맑은 정신으로 알아내야 한다. 도
대체 무슨 꿍꿍이일까? 무슨 일을 벌이려고 저렇게 조심스럽
게 음모를 꾸미는 걸까? 어느 날 저녁 다고빌에서 그의 두려움
은 새로운 이름을 얻었다. 악마적인 이름을. 그는 이제 죽는
게 두려웠다. 공포가 그를 사로잡았다. 그는 펜을 들고 글을
쓰기 시작했다. 본격적인 시작이었다. 그날 밤, 그리고 이어지
는 밤들은 두려움 속에 닻을 내린 배와 같았다.

나는 뒤로 물러앉으며 의자 등받이에 허리를 기댔다. 주
위를 둘러보니 불이 켜진 책상은 두 개밖에 없었다. 항상
봐오던 얼굴들이었다. 한 사람은 나이 지긋한 유대인으로
흰 수염을 기르고 둥근 모자를 썼다. 그는 매주 목요일과
금요일에 도서관에 와서 카발라(유대교 신비교의 혹은 신비
주의_역주)에 대한 책을 읽었다. 다른 한 사람은 가끔씩 오
는 40대 여자로 매번 깊은 한숨을 쉬며 두꺼운 해부학 책
위로 고개를 처박곤 했다.

창밖에는 비가 내리고 있었다. 비스듬히 맞은편에 있는 카페 〈블리싱엔〉에는 이미 노란 불빛이 켜져 있었다. 〈블리싱엔〉은 시내의 수많은 카페 중 내 단골 카페가 되었다. 아마도 사소한 우연들이 오묘하게 작용한 결과이리라. 만약 언젠가 A에 살게 된다면 이 근처에 자리를 잡게 될 것 같았다.

나는 노트를 접고 짐을 챙기기 시작했다. 맥주와 담배 생각이 간절했다. 지금 맥주와 담배가 들어가지 않으면 머리가 제대로 돌아갈 것 같지 않았다. 가만 생각해 보니 하루 종일 먹은 거라곤 도서관에서 매일 차와 함께 내주는 비스킷 네 개뿐이었다.

R은 두려운 걸까? 나는 무르케 가를 건너며 생각했다. 그녀와 그? 그와 그녀?

그렇게 생각하고 보니 문득 싸한 느낌이 들면서 얇은 얼음 위에 서 있는 듯한 기분이 들었다.

*

마리암 카다르는 줄담배를 피워 댔다.

약간 동양적인 느낌이 나는 얼굴은 가무잡잡했고, 체구는 작았다. 본인은 애써 감추고 있지만 20초 전까지만 해도 나체였고, 내가 가고 나면 20초 안에 다시 나체로 돌아갈 것 같은 관능적인 느낌을 풍기는 여자였다. 나는 내가 누군지 밝혔다.

"전화하신 분인가요?"

"네, 아까도 말씀드렸지만 곤란한 시간에 찾아온 게 아니었으면 좋겠네요."

"우리 어디서 본 적 있나요?"

"아니요. 만약 만났다면 제가 기억하고 있겠죠."

그녀는 그 말에 눈썹 하나 까딱하지 않고 나를 어느 방으로 안내했다. 레인의 도서관 겸 작업실인 것 같았다. 흐린 색깔의 작은 유리 탁자 위에 포트와인, 견과류, 말린 과일이 올려진 쟁반이 놓여 있었다. 죽 늘어선 책장은 바닥부터 천장까지 닿았고 커다란 통유리를 통해 숲처럼 우거진 정원이 내다보였다. 정원은 근처의 수로와 맞닿아 있었다. 지도를 머릿속에 그려 보니 아마도 프린젠 수로인 것 같았다.

우리는 마주 보고 앉았다. 순간 이곳이 아닌 다른 곳에,

아니면 다른 사람과 이곳에 앉아 있는 거라면 좋겠다는 생각이 들었다. 나는 눈을 꼭 감고 그 느낌을 떨쳐 버리려고 했지만 완전히 떨쳐 버리지는 못했다.

"남편의 책을 번역하셨다고요?"

"네."

"어떤 거요?"

나는 책 제목을 나열했다. 그녀는 내가 얘기하니까 생각난다는 듯이 가볍게 고개를 끄덕거렸다. 마치 책 한 권 한 권이 자기 삶의 일부라는 듯이. 그것도 아주 틀린 말은 아니리라.

"결혼한 지 오래되셨나요?"

"15년이요."

나는 헛기침으로 목을 가다듬었다.

"이미 말씀드렸듯이 예의상이라도 꼭 한번 들르고 싶었습니다. 부군…, 부군의 작품을 무척 좋아했습니다. 살아 계실 때 몇 번 뵌 적이 있는데……."

틀에 박힌 말. 그녀는 고개를 끄덕이고 새 담배에 불을 붙였다. 그리고 잔에 포트와인을 따랐다. 우리는 말없이 건배의 제스처를 했다.

"남편이 몇 번 말한 적 있어요."

그녀가 말했다.

"번역을 마음에 들어 하는 것 같았어요."

"정말이요? 영광입니다…… 힘드시죠?"

그녀는 순간 대답을 망설였다.

"네, 아마도요. 그런데 아직 적응이 안 돼서…, 몇 달이 지났는데도 그러네요. 언젠가 적응이 될지 어떨지도 모르겠고요. 어둠 속에서 사는 법을 배워야겠죠."

"부군에 대해 말씀하시는 게 힘드신가요?"

"전혀 아니에요. 제 나름대로는 이런 식으로 남편의 기억을 간직하는 겁니다. 남편이 쓴 책도 몇 권 다시 읽어 봤어요. 그건 마치… 마치 새로운 의미가 생기는 것 같았어요. 글쎄요, 개인적인 감정인지도 모르죠. 제 말은… 남편은 제게 가까운 사람이었으니까요."

지금이야말로 그것을 물어볼 차례였다.

"이런 질문 실례인 줄 알지만 돌아가시기 전에 뭘 하셨습니까? 제 말은 집필 중인 작품이 있었습니까?"

"왜 그런 걸 물으시죠?"

나는 어깨를 으쓱하고는 애써 순진한 표정을 지었다.

"글쎄요. 작품의 주제가 계속 연결되는 느낌이었는데…, 완결이 안 된 것 같아서요."

"집필이야 했죠."

"그런데요?"

"어디 있는지를 몰라요."

"그게 무슨 뜻이죠?"

그녀는 다시 대답을 망설였다. 그리고 급하게 연거푸 담배 연기를 들이마셨다. 저렇게 줄담배를 피우는 사람이라면 배짱이 두둑한 사람은 아닐 거라는 생각이 들었다. 게다가 나와 마주 앉아 있는 일이 나보다 그녀에게 더 힘들어 보였다. 아직은 내가 패를 쥐고 있다는 생각이 뇌리를 스쳤다. 하지만 나도 잘 알아채지 못할 정도로 희미하게 지나쳐 간 생각이었다.

"가을 내내 원고를 붙들고 앉아 있었어요. …죽기 전까지 계속. 그런데 원고가 사라졌어요. 없애버렸거나 불태웠을 수도 있죠. 아니면… 저세상으로 가지고 갔거나."

"무슨 내용이었습니까?"

그녀는 한숨을 푹 쉬었다.

"몰라요. 그런 말은 없었어요. 원래도 워낙 말이 없는 사람이었고. 하지만 그렇게 열심히 한 걸 보면 마음에 들었던 것 같아요. 옆에서 보기만 해도 알 수 있었어요."

"위대한 작가였으니까요."

그녀는 짧게 소리 내어 웃었다.

"네, 그렇죠."

나도 포트와인을 한 모금 마셨다.

다른 질문도 할 수 있다면 얼마나 좋을까 하는 생각이 들었다. 남편이 왜 자살했는지, 왜 그 죽음을 받아들이길 거부했는지. G라는 이름의 애인이 있는지.

물론 그런 질문을 할 수는 없었다. 대신 우리는 레인의 작품에 대해 대화를 나누었다. 특히 내가 몇 년 전 8개월 간격으로 집중적으로 작업해서 내용이 아직 기억나는 책 두 권에 대해 이야기했다. 그리고 그가 마지막 원고를 가지고 간 것에 대한 안타까움을 나누었다. 그렇게 20분쯤 지나자 그녀는 노골적으로 힘든 티를 냈다. 이제 자리를 뜰 시간이었다.

그녀는 문 앞에서 잠시 나를 불러 세웠다.

"그런데 왜 오셨는지 아직도 잘 모르겠네요. 정말 그것 말고 다른 용무는 없으신 건가요?"

"실례가 많았습니다."

"아니에요. 그냥 제 느낌에……."

"무슨 느낌이요?"

"마음속에 할 말이 더 있으신 것 같아서요."

나는 애써 미소를 지었다.

"죄송합니다만 전혀 아닙니다. 그저 부군의 작품을 좋아했기 때문에 온 거고 다른 이유는 없습니다."

그녀는 나를 올려다보았다. 나보다 25센티미터는 작아 보였다. 우리는 그렇게 문 앞에 선 채 마주 보았다. 우리 사이의 거리는 상당히 가까웠고, 순간 그녀가 머리를 내 가슴에 기대온다면 과연 어떤 기분일까 하는 생각이 들었다. 그녀는 조금 길다 싶게 내 시선을 맞받았다. 그리고 살짝 뒤로 물러섰다. 우리는 악수나 다른 신체 접촉 없이 헤어졌다.

밖으로 나오니 눈발이 흩날리고 있었다. 탐스런 함박눈이 공중을 누비며 어둔색 지붕들 위로 천천히 떨어졌다. 나는 손을 뻗어 눈송이를 잡아보려고 했지만 눈송이는 내 살에 닿기는커녕 내 곁에 오는 것마저도 허용할 수 없다는 듯 금세 사라져 버렸다.

내 머릿속은 마리암 카다르에 대한 생각으로 가득했다. 어떤 날씨였더라도 마찬가지였겠지만 그 눈송이에는 뭔가 특별한 게 있었다. 그녀에 대해 뭔가 말해 주는 것만 같았고, 그건 언어로부터 멀리 떨어진 곳, 수많은 연관 관계가 숨겨진 그곳으로부터 오는 것 같았다.

언어, 기호 따위를 넘어선 곳. 막 태어난 거대한 침묵으로부터. 레인과 대화하기 위해서.

*

누군가 나를 미행하고 있다는 걸 눈치 챈 건 마리암 카다르를 방문하고 나서 이틀째 되던 날이었다. 처음 그런 느낌이 든 건 유달리 일찍 집을 나선 어느 날 아침이었다.

나는 워틸루 시장 쪽으로 산책을 갔다. 의식하지 못했지만 내 뇌리에는 그 기억이 남아 있었던 모양이다. 오후가 되어 도서관에 앉아 있는데 나를 따라 들어온 미행자가 내 뒤편 책상으로 가 앉는 순간 머릿속에 불이 번쩍 켜졌다. 아까 우트레히트 가에서 담배를 사고 나올 때 담배 가게 앞에 서 있던 사람과 동일 인물이었다. 키가 크고 구부정한 남자로 내 나이 또래로 보였고, 숱이 적은 잿빛 머리에 갈색 코팅이 된 안경을 끼고 있었다. 그는 코트를 의자 등받이에 걸쳐 놓고 서가에서 무작위로 뽑아온 듯한 책을 들고 있었다. 더 자세히 보기 위해 뒤를 돌아볼 수는 없었다. 하지만 얼마 있다가 가방을 들고 화장실에 가는 척하면서 1미터 거리에서 꽤 자세히 관찰할 수 있었는데, 적어도 다음번에 또 만나면 알아볼 수 있을 것 같았다.

그때만 해도 정말 내 생각이 옳은지, 그가 정말 나를 미행하고 있는지 100퍼센트 확신이 서지 않았다. 하지만 바로 그날 저녁 확신을 얻을 수 있었다. 그날은 목요일이라 일을 마친 후 사립 탐정 매르텐스의 사무실에 들르려고 프로하스카 광장으로 가고 있었다. 2, 300미터쯤 걸었을 때 누군가 내 발자취를 따라 걷고 있다는 게 느껴졌다. 나는 걸음을 빨리해서 일부러 멕세 광장과 베르담 공원 쪽으로 걷다가 공원 북쪽에 있는 주택가를 몇 바퀴 돈 후 비좁은 골목으로 쑥 들어갔다. 그리고 주차된 자전거들 뒤로 얼른 몸을 숨겼다. 그렇게 10초쯤 기다리자 그 남자가 골목을 지나쳐 갔다. 나는 그곳에 몇 분 더 웅크리고 있다가 두 블록을 걸어 매르텐스의 사무실로 갔다.

도대체가 이상한 것투성이였다. 그 사람이 누구고 왜 나를 쫓아다니며 관찰하는지도 이상했지만 미행 목적에 맞지 않게 전체적으로 상당히 어설픈 것도 이상했다. 그리고 아무리 생각해 봐도 목적이 뭔지를 알 수 없었다. 우선은 마리암 카다르를 방문한 일과 관련됐을 수 있었다. 아니면 레인의 원고에 대한 정보가 새나간 것이거나.

그때는 그것 말고 다른 이유는 생각나지 않았다.

막 매르텐스의 사무실에 들어설 때 그런 생각이 들었다. 내 미행자의 어설픔을 설명할 수 있는 건 고의밖에 없다. 미행하는 사람이 있다는 걸 알리려고 일부러 어설프게 행동한 것이다. 하지만 그때는 그 이유에 대해 더 생각해 볼 시간도 없었다.

적어도 그날은 다른 생각을 할 수 없었다. 매르텐스가 처음으로 보여 줄 게 있다고 했기 때문이다. 그는 막다른 골목일 수도 있으니 너무 큰 기대는 갖지 말라고 신신당부했다. 그리고 탁자 위로 작은 갈색 봉투를 내밀었다. 열어 보니 종이가 한 장 들어 있었고 종이에는 내가 모르는 주소가 적혀 있었다.

"교외에 있는 마을인데요."

매르텐스가 말했다.

"기차로 30분 정도 걸릴 겁니다."

"거기서 목격하신 겁니까?"

그는 특유의 표정으로 어깨를 으쓱했다.

"저는 아니고 우리 직원 하나가."

"언제요?"

"어제요. 우리 직원이 아파트로 들어가는 걸 봤다는데 바로 엘리베이터를 타버려서 몇 층인지는 확인하지 못했습니다. 약간 다리를 저는 사람이라 계단을 오르는 데 문제가 있어서……. 물론 오늘 집 앞에서 잠복을 했습니다. 하지만 나타나지 않았다는군요."

"확실히 그 사람 맞습니까?"

"글쎄요."

그가 웃었다.

"얼굴에 점은 똑같지만 여자들이 3년 후에 어떤 모습으로 변해 있을지는 아무도 모르죠."

나는 봉투를 안주머니에 넣고 그의 사무실을 나왔다. 막 도로에 나왔을 때 근처 종탑의 시계가 9시를 쳤다. 교외로 가보는 건 내일로 미루는 게 좋을 것 같았다.

다음 날 호텔에서 점심을 먹고 커피를 마시며 담배를 피우는데 아내가 내일 마우리츠 빙클러를 만나러 가겠다고 말했다. 그리고 그녀는 그 말을 실행에 옮겼다.

나는 발코니에 서서 그녀의 차가 구불구불한 산길을 오르는 것을 지켜보았다. 산을 넘어 골짜기를 내려가면 다른 마을이 나온다. 내 시선이 따라갈 수 있는 곳은 거대한 산과 산 사이로 난 고갯길까지였다. 흰색 아우디는 마치 눈송이가 물에 녹듯 순식간에 사라졌다.

그날은 우중충한 날이었다. 하늘은 회색빛이었고 산꼭대기에는 위협적인 먹구름이 몰려들고 있었다. 바로 그런 이유 때문에 나는 산행을 결심했다. 건물과 사람들 사이에 있기가 싫었고, 아내 말고 다른 사람의 얼굴은 보고 싶지 않았다. 또한 몸을 움직이고 싶은 생각이 간절했던 기억이 난다. 항상 그렇지만 마음의 불안이 심해질 때면 육체적인 활동으로 털어 내야 할 필요성을 느낀다.

나는 주방에서 만들어 준 버터샌드위치 도시락과 맥주 캔 몇 개를 챙겨 가지고 12시가 막 지난 시각에 호텔을 나섰다. 한 시간 남짓 걸었을 때 비구름이 내 머리 위에 와 있었다. 나는 바로 동굴 하나를 찾아냈다. 그리고 오후 내내 그곳에 머물렀다. 바위에 앉아 쏟아지는 빗줄기 사이로 산 풍경을 바라보았다. 그날 산은 실루엣과 아름다움을 모두 잃은 처량한 모습이었다.

나는 천천히 샌드위치를 먹으며 맥주 캔을 비웠다. 그리고 머릿속에 떠오르는 대로 계획을 세웠다 허물기를 반복했다. 그러다가 한편으로는 아내의 허벅지 안쪽 살이 얼마나 부드러운가에 대해 생각했다. 다른 여자들도 그렇지만 에바는 특히 그랬다. 역설적이게도 그 당시에는 그 부드러운 살이 너무도 순수하게 느껴졌다. 나는 손끝으로 살짝 만지는 것만으로도 몸의 어느 부위인지 알아내는 게 가능할까 하는 생각을 해 보았다. 물론 그런 생각은 나를 약간 혼란스럽게 했다.

돌아가는 길에서야 방법이 떠올랐다. 그리고 호텔 로비

에 들어섰을 때 머릿속에 또렷한 상이 그려졌다. 세부 사항까지는 아니어도 대략적인 모습은 상상할 수 있었다.

나는 씁쓸한 만족감을 느끼며 샤워기 앞에 섰다. 그리고 돌아오는 길 내내 차가운 비를 맞은 몸에 따뜻한 물을 듬뿍 뿌려 댔다.

이런 생각은 아마 어릴 때 본 영화에서 차용했을 것이다. 텔레비전에서 본 영화였던 것 같은데 제목은 기억나지 않는다. 영화를 봤을 당시에도 제목은 몰랐다. 아마 모든 범죄의 원형 같은 것이었으리라. 어디서 생겨났는지 그 원천이 흐릿하기만 한 전형적인 범죄. 그날 저녁 외로움에 지친 나를 더욱 지치게 만든 호텔 여주인의 스프도 그렇게 뿌옇기만 했다.

외로움은 컸고 스프는 한숨이 날 정도로 엉망이었다.

에바는 새벽 3시경에 돌아왔다. 나는 자는 척했다. 에바도 그걸 알았지만 자기 역할을 다하느라 조심조심 어두운 방 안을 돌아다녔다. 반년 전 내가 그랬던 것처럼.

지금은 그녀의 이름이 무엇이었는지조차 기억나지 않는다.

교외에 있는 그 마을의 이름은 바싱엔이었고, 스무 개 정도 되는 아파트 사이에 쇼핑센터가 하나 있었다. 60년대나 70년대에 한꺼번에 지어졌는지 전통가옥 하나 없이 천편일률적인 풍경이었다.

기차에서 내린 나는 사람들의 행렬에 떠밀려 낙서가 가득한 냄새나는 터널을 지나 밖으로 나왔다. 일직선으로 내리꽂는 햇살에 얼굴이 찌푸려졌다. 생동감이라고는 느낄 수 없는 추레한 시장을 둘러싸고 삼면에 가게와 은행 등이 늘어서 있었고, 트인 방향에서는 바닷바람이 불어왔다. 지옥 풍경이 이럴 것 같다고 생각했던 기억이 난다.

나는 그 건물을 찾았다. 곳곳에 누수 흔적이 있는 회갈색 아파트 17층짜리였다. 어림셈을 해 보니 약 1,000명에서 1,200명 정도가 살고 있을 것 같았다. 매르텐스가 보낸 탐정 사무소 직원이 내 아내로 추정되는 사람을 봤다고 한 동에 들어가 보니 초인종 판에 72개의 명패가 붙어 있었다.

나는 도로 밖으로 나와 쇼핑센터에 있는 카페로 갔다. 그리고 지나가는 여자들을 주의 깊게 살피면서 머릿속으로는 어떤 방법을 써야 할지 궁리했다. 그러나 그럴 듯한 계획은 떠오르지 않았다. 시간이 지날수록 절망감만 더해지고 의기소침해질 뿐이었다. 그러다 카페 맞은편에 있는 신문가판대에 눈길이 갔다. 나는 잔을 비우고 카페를 나섰다. 그리고 길 건너 신문가판대에 진열된 잡지들을 죽 살펴보다가 '파수꾼'이라는 기독교 주간지 여섯 권을 사들고 다시 아파트 단지로 들어갔다.

한 시간 동안 64개의 문을 두드리며 돌아다녔다. 금요일 오후 늦은 시간이라 집에 사람이 있는 경우가 많았다. 나는 문을 열어 준 46명 중 두 사람에게 《파수꾼》을 팔았다. 그러나 에바는 코빼기도 보이지 않았다. 나는 남은 잡지를 쓰레기통에 버리고 역으로 통하는 터널로 돌아갔다. 역에서 기차를 기다리는 동안 어스름이 내리기 시작했다. 세상이 그렇게 낯설게 느껴진 적은 없었던 것 같다.

나는 역에 있는 바에서 위스키 석 잔을 마시며 바텐더에게 말을 걸어보려고 했다. 그는 몸에 문신이 있고 옆으로나 위로나 한 덩치 하는 보디빌더 타입이었는데, 매번 건성으로 '네네' 하며 앞에 놓인 컴퓨터 게임에서 눈을 떼지 않았다. 그리고 입술을 움직거리며 게임 설명인지 뭔지를 읽었다.

페르디난드 볼 가로 돌아온 나는 카페에서 매르텐스에게 전화를 걸었다. 역시 금요일이라 아무도 받지 않았다. 계산할 거 계산하고 고용을 철회할 생각이었는데 월요일까지 기다릴 수밖에 없었다.

저녁 내내 위스키 잔에 매달려 있었다. 기억나는 건 레이체 광장 근처의 한 바에서 볼이 빨간 노르웨이 남자와 시비가 붙어 싸울 뻔한 것과 집에 가는 길에 인도에서 자전거에 걸려 넘어져 발목에 꽤 큰 찰과상을 입은 것뿐이다.

그런데 더 큰 문제는 바싱엔에서 일일이 초인종 눌러 본 집을 표시한 쪽지를 잃어버렸다는 것이다. 지금 생각해 보면 아마 그것 때문에 다시 바싱엔에 가긴 좀 그렇고, 그래서 다시 그곳에 갈 때까지 그렇게 시간이 오래 걸렸던 것 같다.

어쨌든 그 당시 나는 에바를 찾겠다는 생각을 포기했어야 했다. 그날 저녁 그렇게 허물어졌던 건 단지 그동안 버거웠던 마음이 어쩌다 보니 절망으로 표출됐기 때문이었다.

'어쩌다 보니'이기도 했고, 어떻게 보면 당연하기도 했다.

*

　월요일이 되자마자 나는 매르텐스를 찾아갔다. 도서관에 가기 전에 일찌감치 들러서 계산을 끝냈다. 바싱엔에서 발견한 흔적을 실질적 성과로 봐야 할 것인가를 두고 잠시 논쟁이 있었지만 결국은 매르텐스가 양보해서 처음 부른 값보다 덜 내기로 했다.

　악수를 하고 헤어질 때 그는 꼭 찾으시길 바란다거나 하는 말을 하지 않았다. 그는 여전히 내가 그 일을 포기하고 다른 의미 있는 일에 힘을 쏟아야 한다고 생각하는 것 같았다. 나도 그의 의지박약과 노력 부족에 대해 할 말이 많았지만 목구멍까지 차오른 불평을 꾹 누르고 말없이 사무실에서 나왔다.

　바싱엔에서 에바의 흔적이 나온 주말 동안 나는 미행자에 대한 생각을 어느 정도 잊을 수 있었다. 그러나 도서관 문을 열고 들어서는 순간 그 모습이 다시 떠올랐다. 의식 속에서 아무 예고도 없이 도깨비불처럼 번뜩 떠올랐다. 도서관 열람실에 나 말고 아무도 없다는 걸 알았을 때는 약간 허무하기까지 했다.

오후 내내 레인의 원고를 번역했다. 번역하는 동안 다른 사람이 함께 있었던 건 약 30분뿐이었다. 멀리 떨어진 뒷자리에 대학생 둘이 앉아 공동 과제인 듯한 걸 하며 소곤거렸다. 추적자는 코빼기도 보이지 않았다. 모든 게 모래알처럼 손가락 사이로 빠져나가는 기분이었다.

그날 아침에는 유난히 그 생각을 많이 했다. 빌어먹을 인생사에는 그럴 일이 허다하니까. 하지만 그렇지만은 않다는 것도 알고 있었다. 오히려 그건 시간문제, 얼마나 끈기 있게 참고 기다리느냐의 문제였다. 징조를 알아채는 것, 중요한 건 그것이었다.

\*

레인의 텍스트도 주 초반에는 별로 흥미로울 것 없이 흘러갔다. 내 기억이 맞는다면 목요일이 되어서야 다시 그 문제에 대해 생각해 볼 여지가 생겼던 것 같다. 아마도 R 자신의 것으로 생각되는데, 누군가의 어린 시절에 대한 매우 흐릿한 회상이 여러 페이지에 걸쳐 이어지더니 갑자기 텍스트가 열리는 부분이 나타났다. 나는 노란 플라스틱 컵에서 차가 식어가는 동안 다음 부분을 번역했다.

기록. 고통이 잦아들 때면 R은 기록에 대해 생각하기 시작했다. 모든 게 지나가고 난 뒤 물을 밟고 지나간 발자국처럼 상처가 아물어버리는 것이 싫었다. 스치듯 지나가버리는 시간, 망각의 독재가 그렇게 만들 것이었다. 어느 날 오전, 그녀가 시장에 채소를 사러 나간 사이 그는 그녀의 물건을 뒤졌다. 만날 그놈의 채소, 절대 하루 이상 지나지 않은 것이어야 했다. 그녀의 메멘토 모리. 그녀는 그가 자신의 물건을 뒤지지 않을 것을 알기에 아무것도 숨기지 않았다. 네 개의 편지. 세 개는 빤한 내용이고 네 번째 것은 음모다. 정말 그들은 음모를 꾸몄던 것이다. 그들이 그의 목숨을 두고 음모를 꾸몄다는 것이 확실해지자 그의 이마에는 진땀이 배었다. 그는 집 밖으로 나가 해변으로 갔다. 맑은 공기를 허파 가득 들이마셨다. 그리고 물속으로 걸어 들어갔다. 물이 허리에 닿는 곳까지 들어가 고요한 가운데 가만히 서서 너무 먼 해변까지 떠밀려와 버린 푸르스름하고 물컹물컹한 해파리를 쳐다보았다. 아무리 발버둥 쳐도 다시는 바다로 돌아가지 못할 해파리의 몸부림이 자신의 신세인 것만 같았다. 그는 집으로 돌아왔다. 그녀는 아직도 시장에서 돌아오지 않았다. 채소를 고르는 데는 시간이 걸린다. 아니면 어디서 G와 엉켜 뒹굴고 있을지도 모른다. 그는 가방에 편지를 집어넣은 뒤 차를 타고 시내에 나가 편지를 복사했다. 집으로 돌아와 보니 그녀는 아직도 돌아오지 않았다. R은 잠시 망설였다. 이 복사본을 후세에 남길 것인가. 그는 중간의 선택을 하기로 했다. 먼저 복사본 두 장을 속옷 서랍에 쑤셔 넣고 복사본 두 장과 원본 두 장은 비닐 봉투에 넣은 뒤 방수 코팅 된 천으로 돌돌 말았다. 그는 후세를 위한 이 일련의 보장 조치를 하나하나 매우 의식적으로 실행했다. 그리고 헛간에 가서 삽을 들고 나왔다. 그는 주위를 휘 둘러보았다. 언덕을 이룬 부드러운 잔디밭 한가운데에 커다랗고 흉물스러운 해시계가 보였다. 그는 해시계의 북쪽, 흙이 단단하지 않은 곳을 파고 자신의 보물과 유서를 묻었다. 그리고 위스키를 연거푸 마셨다. 그녀는 아직도 돌아오지 않았다. 그녀는 G와 뒹굴고 있는 게 틀림없었다. 다리를 벌리고 더디게 흘러나오는 G의 정자를 받아들이고 있으리라. 시내 어느 호텔에서 땀으로 뒤범벅이 돼 엉켜 있을 두 마리 짐승. 아마도 벨베데레 호텔, 아니면 이웃 도시의 크라우스 호텔인지도 모른다. 빌어먹을. 그 둘은 조심스럽기 짝이 없다. M과 G. R은 계속 위스키를 들이켰다. 그러나 그들의 모습이 자꾸만 눈앞에 어른거렸다. 그들이 뒤엉켜 뒹구는 모습, 그의 목숨을 두고 웃으며 농담하는 모습. 이제 의심의 여지가 없었다. 그는 글을 쓰기 위해 책상 앞에 앉았다. 그의 저항은 이 빈약한 글자들이 될 것이다. 핏기 없는 추상, 이 언어들로, 땀에 젖은 몸뚱이를 감싸고 끝없이 불어날 언어의 고치로 살인자들을 잡기 위해.

122쪽부터 123쪽까지. 나는 그날 다르케 씨의 규칙을 깨고 번역에 대한 생각 없이 나머지 원고를 모두 읽어버렸다. 그렇다, 베아트리스를 발치에 두고 묵중한 주물로 된 스탠드 조명 아래서 남은 40쪽을 다 읽었다. 마지막 몇 줄은 그의 초기 저서 『진실의 전설에 관하여』를 인용한 것이었다.

언젠가 우리가 삶을 이해할 수 없게 된다 해도 우리는 우리의 삶이 책이나 영화라는 듯 계속 그렇게 살아가야 한다. 다른 지문은 없다.

나는 원고를 덮었다. 시계를 보니 11시에서 몇 분 지나 있었다. 몸이 용수철이라도 된 듯 팽팽하게 긴장돼 있었다. 나는 의자에서 일어나 방 안을 서성거리기 시작했다. 그러다 결국 담배를 들고 창문 앞으로 가서 언제나 그렇듯 방의 불을 끄고 통행이 뜸해진 캄캄한 도로를 내려다보았다. 머릿속의 생각들이 일제히 들고 일어났다가 서로 뒤섞여 미끄러지기를 반복하며 언어를 밀어 냈다. 왠지 마음이 안정되는 느낌이었다. 그럼에도 불구하고 내가 뭔가 해야 한다는 건 확실했다. 나는 이미 돌이킬 수 없는 단계까지 와 있었다. 방어기제도 모두 허물어졌다. 이젠 정말이지 모르는 척 빠져나갈 수 없는 상태다. 의심을 품는다는 건 인간의 도리에 어긋나는 짓이었다.

그렇게 서 있다 보니 어느 정도 긴장이 누그러졌다. 나는 카페에 가기 위해 집을 나섰다. 하지만 그날은 맥주 몇 잔을 마시며 말짱한 정신으로 앞으로 어떻게 할 것인지 생각했다. 물론 갑자기 무슨 뾰족한 수가 생긴 것은 아니었다. 하지만 다른 대안이 떠오르지도 않았다. 그건 그 이후에도 마찬가지였다.

아니스 휘르너를 만난 지는 2년 반이나 됐다. 하지만 내 전화번호부에 그의 이름이 올라 있었고, 전화해서 내 이름을 말하니 바로 기억해 냈다.

그를 알게 된 건 키일(독일 북부 도시_역주)에서 열린 소규모 도서전에서였는데, 며칠 동안 저녁마다 바에서 술을 마시다 보니 친해졌다. 얘기를 해 보니 그도 나와 비슷하게 독불장군 성향을 가진 인간이었다. 그래서 우리는 말이 잘 통했다. 물론 그의 어마어마한 주량이 우리 대화에 장해물이 되긴 했지만 말이다. 그 장해물만 아니었다면 더 많은 얘기를 나눴을 거라는 뜻이다. 한편 그가 그 문제로 여러 병원을 전전했다는 사실을 나는 잘 알고 있다.

내가 전화를 건 건 3월 첫째 주 일요일 오후였다. 휘르너는 의외로 발음이 또렷하고 힘이 넘치는 목소리였다. 알고 보니 당시 텔레비전 방송국과 일을 하고 있었는데 다양한 극우주의 운동에 대한 프로젝트로 작업이 한창이라고 했다. 그는 내 목소리를 다시 듣게 돼 반갑다며 거의 열광적인 반응을 보였다. 사실 내가 그에게 연락을 한 이유는 단순하게 물어볼 것이 있어서였다. 레인의 여름 별장 주소를 알아내고 싶은데 법적인 통로로는 불가능했다. 당시 키일에 있을 때 휘르너는 그곳에 가 본 적이 있다고 말했다. 그래서 가장 먼저 그가 떠오른 것이었다.

어쨌든 그가 무조건 만나야 한다고 우겨서 우리는 월요일 저녁 흐레이프 가에 있는 작은 인도네시아 식당에서 만나기로 했다.

그날 우리는 식사를 한 뒤 술을 마시며 밤늦도록 이런저런 이야기를 나눴다. 그는 레인의 여름 별장에 가 보려 한다는 내 계획을 듣고 전혀 의아해하지 않았다. 내가 댄 핑계는 작가의 개인적인 기억을 수집해서 나중에 전기를 써 볼까 한다는 것이었다. 새벽녘에 그와 헤어질 때 내 재킷 안주머니에는 레인의 여름 별장 주소와 그가 그려준 자세한 약도까지 들어 있었다. 휘르너 말에 따르면 그 별장은 '벚꽃동산'이라는 이름으로 불리는데 이유는 모르겠다고 했다. 그 이름은 물론 러시아의 작가 체호프와 관련이 있을 터였다. 우리는 여러 방향으로 머리를 굴려 봤지만 둘 중 누구도 그 접점을 찾아내지는 못했다.

나는 레인이라는 사람이 어떤 사람인지, 그리고 그의 결혼생활에 대해서도 은근 슬쩍 물어봤다. 가깝진 않아도 알고 지낸 사이니까 혹시나 그의 죽음과 관련된 의혹으로 해석해 볼 만한 정보가 나오지 않을까 했는데 그런 건 없었다. 오히려 반대였다. 그는 레인의 자살 소식을 듣고 그리 놀라지 않았다고 했다. 당시 레인은 매우 힘든 시기를 겪고 있었다는 것이다. 인생의 시계추가 생각만큼 멀리 움직여 주지 않는 인생의 침체기였다는 것. 그런 일은 얼마든지 일어날 수 있다는 게 그의 의견이었다.

나도 더 이상은 조르지 않았다. 그가 어디에 인맥이 있고 어떤 사람들과 어울리는지도 모르는 상태였으니까. 그리고 그때 내 계획은 숙고로부터 도출된 근거 따위와는 거리가 멀었다.

휘르너는 레인과 마리암 카다르의 부부 사이가 좋았는지 묻는 내 질문에 거부하는 몸짓으로 어깨를 으쓱했다. 그리고 여자라는 존재가 그런 경우를 본 적 있는지 되물었다. 그는 자신의 대답을 기발하다고 생각하는 동시에 그걸로 대답이 충분하다고 느끼는 것 같았기 때문에 나는 화제를 바꾸었다.

이미 말했듯이 그날 우리는 새벽녘에야 헤어졌다. 나는 A에 적어도 서너 달은 더 있을 예정이었기 때문에 몇 주 뒤한 번 더 만나기로 했다. 그도 그때쯤이면 텔레비전 일이 끝날 거라며 바다 쪽으로 나가 몰나르에서 주말을 보내는 게 어떠냐고 했다. 꽤 이름이 알려진 전쟁사학자였던 아버지 피티르 휘르너한테서 작은 오두막을 물려받았는데, 레인의 별장에서 몇 킬로미터밖에 떨어져 있지 않다고 했다.

나는 좋다고 대답했지만 왠지 그때쯤이면 상황이 달라져 계획이 무산될 것만 같은 느낌이 들었다.

*

야니스 휘르너와 만나고 온 다음 날, 나는 레인의 별장 근처까지 가는 대중교통편을 알아보느라 한 시간 이상을 보냈다. 하지만 기차와 버스를 너무 많이 갈아타야 해서 번거롭고, 해안가를 따라 4킬로미터 이상 걸어야 하는 길이라서 바로 포기하고 그날 하루만 차를 빌리기로 했다.

나는 부르히스 수로에 있는 헤르츠(렌터카 회사_역주)에서 문 닫기 직전 소형 르노 자동차를 빌렸다. 가게에서 나오는데 다시 내 미행자가 눈에 띄었다. 그는 좁은 운하 건너편에 서서 미동도 없는 검푸른 물을 내려다보는 척하고 있었다. 긴 외투는 털 옷깃이 달린 가죽점퍼로 바뀌었고, 머리에는 어두운색 털모자를 쓰고 있었지만 바로 알아볼 수 있었다. 말처럼 길쭉한 얼굴에 삐쭉 솟은 듯한 어깨, 구부정한 자세, 똑같은 색안경. 딱 그 사람이었다.

나는 잠시 어떻게 해야 할지 몰라 주춤했다. 하지만 그것만으로도 내가 그를 알아챘다는 사실을 알리기에는 충분했으리라. 나는 시내 쪽으로 걷기 시작했다. 그리고 그는 실제로 나를 따라오기 시작했다. 그러다 칼베르 가에서 좁은 골목길로 쑥 들어가더니 사라져 버렸다.

나는 그 뒤로도 한참을 돌아다녔지만 그의 모습은 보이지 않았다. 그래서 페르디난드 볼 가에 있는 집으로 돌아가기 위해 전철을 탔다. 그리고 전철 안에서 손잡이를 잡고 앞뒤로 흔들리면서 다음번엔 절대 놓치지 않겠다고 다짐했다. 그런데 미행자 앞에 불쑥 나타나는 게 좋을지 아니면 역할을 바꿔서 그를 따라가 봐야 할지 잘 판단이 서지 않았다.

3월 초반에는 일이 어떻게 돌아가는 건지 도무지 파악하기가 힘들었다. 날씨가 갑자기 완연한 봄 날씨로 바뀌었는데, 그래서인지 내가 처한 상황도 그렇게 변한 것만 같았다. 당시 나는 여러 포지션과 말들이 포진돼 있는 게임 판에서 이리저리 휩쓸려 다니는 기분이었고, 실제로 그 상황을 일종의 게임으로 받아들였다. 그때 내 머릿속에 쐐기처럼 박힌 생각이 있다면 그건 바로 조작당한다는 것이었다. 나는 당시 내 판단과 행위가 정말 내 자유 의지로 일어난다는 환상을 유지하기가 힘들었다. 그리고 모든 문제의 핵심이 바로 거기에 있다는 결론에 이른 것이 한두 번이 아니었다.

환상 말이다.

*

"잘못 생각한 거라고. 그걸 정말 모르겠어?"
내가 말했다.

"잘못 생각한 거 없어."

에바는 나를 쳐다보지도 않고 대꾸했다.

우리는 식당 넘버2에서 식사를 하는 중이었다. 더 이상의 대화는 불가능했기에 둘 다 말없이 먹는 데 열중했다.

문득 언어와 단어들이 납처럼 무겁게 다가왔다. 우리는 깊은 수렁에 빠져 있었고, 거기서 우리를 건져내 줄 사람은 없었다. 마치 시시각각 다가오는 전쟁의 징후 속에서 이제는 시도하는 회담마다 결렬되고 일이 터지기만을 기다리는 지점에 이른 기분이었다.

식사를 마친 뒤 우리는 시내에 나가 길게 산책을 했다. 그리고 여름방학을 맞아 문 닫은 학교 앞 마로니에 나무 밑에 앉아 강가 근처에서 불 게임(쇠공으로 하는 프랑스 공놀이_역주) 하는 검은 옷차림의 나이 든 남자들을 바라보았다.

"사실 내게도 여자가 몇 명 있었어."

내가 말했다.

에바는 아무 말도 하지 않았다. 그때 다람쥐 한 마리가 나무에서 폴짝 뛰어내리더니 우리 앞에 와서 꼼짝도 않고 서 있다가 다시 뛰어 달아나버렸다. 왜 내가 그 작은 짐승을, 그리고 그것이 겨우 1미터쯤 떨어진 곳에서 우리를 빤히 쳐다보던 그 순간을 잊지 못하는지 잘 모르겠다. 하지만 나는 그 모습을, 그 시간을 잘 기억하고 있고 아마 앞으로도 평생 잊지 못할 것이다. 그건 아마 그 짐승의 눈동자 때문일 것이다. 그리고 늘 품고 있었지만 입 밖에 내지 못한 질문, 아마도 영원히 풀지 못할 그 문제 때문일 것이다.

"하지만 아무 의미도 없었어."

내가 말했다.

에바는 크게 숨을 들이마셨다.

"바로 그게 다른 점이야."

그녀가 말했다.

"뭐가?"

내가 물었다.

"내게는 단 한 명뿐이고 그 사람이 전부야."

나는 아무 대답도 하지 못했다.

우리는 그렇게 마냥 앉아 있다가 호텔로 돌아갔다.

*

그라우에스에서의 네 번째 날인 다음 날, 나는 에바에

게 오늘은 생각할 게 있으니 따로 지내자고 했다. 그리고 여름휴가를 위해 빌린 흰색 아우디도 내가 쓰겠다고 했다. 에바는 반대하지 않았다. 마우리츠 빙클러도 산길 너머 묵고 있는 숙소에 차가 있을 테니 두 사람이 만나는 데 문제는 없을 것이었다.

나는 아침을 먹자마자 길을 나섰다. 그리고 산길로 올라가는 길을 유심히 살펴보았다. 그날은 하늘에 구름 몇 조각이 떠 있을 뿐 무척 맑은 날이었다. 산꼭대기까지 올라가 보니 정말 내가 생각한 것과 똑같았다. 가장 문제가 되는 건 역시 호텔에서 나올 때인 것 같았다. 도로에서 다른 차를 만나 멈춰야 할 경우가 아니면 꼭대기까지 올라오는 10분 동안 브레이크를 밟을 필요는 없었다. 올라올 때 굴곡이 심한 커브가 있긴 하지만 경사가 워낙 심해서 액셀에서 발을 뗄 엄두를 못 내게 되어 있었다.

산꼭대기를 넘자 주차할 수 있도록 움푹 들어간 곳이 있어서 거기에 차를 세웠다. 몇 킬로미터는 돼 보이는 풍경이 눈앞에 펼쳐졌다. 관광안내 팻말에 보니 해발 1,820미터에 이르고, 그곳을 둘러싸고 있는 산들은 해발 3,000미터에 달한다고 쓰여 있었다.

나는 차단목에 걸터앉아 담배를 피우며 보이진 않지만 저 산 아래 있을 마을을 내려다보았다. 구불구불 이어지는 아스팔트 도로는 깎아지른 듯한 절벽과 툭 튀어나온 절벽 상단 뒤로 사라졌다가 다시 나타나곤 했다. 힘겹게 올라온 길처럼 역시나 가파른 내리막길이었다. 발밑으로 몇 킬로미터 떨어지지 않은 곳에 칼로 자른 듯 반듯한 라우에른 저수지의 수면이 보였다. 관광 책자에서 본 어마어마한 댐 시설이었다. 물빛은 속이 보이지 않는 불투명한 초록색이었다. 내가 본 책자에는 100만 세제곱미터까지 저수할 수 있다고 쓰여 있었다.

나는 담배를 끈 뒤 눈을 감고 머릿속에 일련의 상황을 그려 보았다. 그리 어렵지 않았다. 아니, 전혀 어렵지 않았다.

나는 저수지를 지나 산 너머 마을로 가지 않고 호텔 출구 쪽을 다시 한 번 살펴보기로 했다.

다시 그라우에스로 돌아온 나는 시장 광장에 있는 카페에서 맥주를 한 잔 마시고 다시 산길로 올라갔다. 그렇게 호텔 앞을 두 번이나 지났지만 미심쩍은 부분을 살펴보기위해 호텔에서 멈추지는 않았다. 에바가 아직 호텔에 있는지 아니면 어딘가에서 마우리츠 빙클러의 품안에 안겨 있는지 알 수 없기 때문이었다. 둘 다가 아니라는 법도 없었다. 우리 호텔방에서 마우리츠 빙클러의 품에 안겨 누워 있을 수도 있으니까.

*

두 번째 시도에서도 처음과 같은 결과가 나왔다. 호텔에서 나와 거대한 산 사이로 난 산길을 달려 정상까지 오르는 데 11분이 걸렸다. 그리고 거기까지 가는 동안 나는 브레이크 페달 근처에는 발을 가져가지도 않았다. 거기까지는 문제가 없었다. 하지만 결정적인 문제가 남아 있었다.

바로 내리막길이었다.

나는 세 시간에 걸쳐 각 방향으로 최소 여덟 번씩 똑같은 길을 오르내렸다. 중간 중간 산 정상 주차장에 차를 세워 놓고 담배를 피우며 개연성 있는 그림을 머릿속에 그려 보려고 했고, 브레이크를 밟지 않은 채 최대한 아래까지 내려가 보았다. 마지막 두 번은 그렇게 기어를 1단에 놓고 구불구불한 산길을 돌아 내려가다가 사고 직전까지 가기도 했다. 달리는 중에는 중간에 주차할 수 있는 갓길이 있거나 잠시 피신할 수 있는 공간이 있는지도 살폈다. 그리고 그 가능성을 완전히 배제할 수 있다는 확신을 얻고 회심의 미소를 지었다. 가장 멀리 간 건 약 1킬로미터 아래에 있는 도로까지 갔을 때였다. 그때도 처음부터 기어를 1단에 놓고 잔뜩 긴장한 채 달렸다. 처음에 나오는 커브 네 개를 통과하는 건 문제가 아니었다. 쇼크 상태에 있는 사람이라도 잘 지나갈 수 있을 정도였다. 그다음에는 급커브가 이어지는데 깎아지른 듯 솟은 옆 산에 부딪치지 않게 돌아나가는 것도 큰 문제는 아니었다. 문제는 그다음이었다. 100미터 정도 되는 길이 직선으로 죽 뻗어 있는데, 경사가 상당히 심했다. 게다가 오른쪽으로는 깎아지른 듯한 절벽이 솟아 있고, 왼쪽으로는 곧장 가파른 낭떠러지로 이어졌다. 길은 경사로 끝에서 오른쪽으로 홱 꺾이는데, 내가 해 본 결과 브레이크를 사용하지 않고 제대로 속도를 늦추는 것은 불가능했다. 브레이크를 밟았을 때 내 차는 왼쪽으로 홱 밀리며 약 30센티미터 높이의 돌담 앞에 가 멈췄다. 돌담은 낭떠러지 앞에 설치된 유일한 안전 장치로, 군데군데 부서진 곳도 있었다. 나는 바로 그 지점에서 일이 일어나리라는 것을 예감했다.

이미 말했듯이 왼쪽은 가파른 낭떠러지였다. 거의 일직선으로 약 50미터쯤 내려가면 맨 아래에선 약간 완만해졌다. 기암절벽과 바위산인데 식물은 전혀 자라지 않았다. 그리고 바로 옆에는 최적의 조건, 어떤 일렁임도 없는 라우에른 저수지의 고요한 수면이 기다리고 있었다.

낙하 구간은 총 100미터 정도 될 것 같았다. 한두 번 정도 절벽에 부딪치다가 어마어마한 양의 물속으로 풍당 빠지는 것이다.

그렇다, 충분히 일어날 수 있는 일이었다.

나는 저수지 아래 골짜기의 첫 번째 마을 뵈름링엔에서 식사를 했다. 그리고 지인과 친구들에게 우리가 이곳에서 얼마나 즐거운 휴가를 보내고 있는지 알리는 엽서를 썼다. L과 S에게는 에바와 나 둘 다 제2의 신혼을 맞은 것 같다고 썼다. 산속에 들어가면 외부의 시선을 피해 사랑을 나눌 수 있는 은밀한 장소가 많다는 것도 언급했다.

마지막으로 고개를 넘어갈 때 나는 이미 기술적인 관점에서 그 문제에 접근하고 있었다. 기계와 자동차는 원래부터 잘 만지는 편이기 때문에 크게 힘들이지 않아도 되리라는 걸 알았다. 머리를 쓰고 계획을 세워야 하는 부분이 있다면 그건 어디서 그것을 하느냐였다. 아무리 기계를 잘 만진다고 해도 혼자 조용히 일할 수 있는 시간이 두세 시간은 필요했다. 하지만 그것도 어떻게든 기회를 만들면 될 터였다.

그날 오후 에바가 차를 쓰겠다고 말했다. 그때 나는 이미 그 문제를 해결한 뒤였다.

"그래, 써."

나는 뒤적거리고 있던 책에서 눈을 떼지 않은 채 말했다.

"아침에 주유했으니까 그냥 타고 가면 돼."

그때 그녀가 다가와 잠시 내 어깨에 손을 올렸던 게 기억난다. 하지만 그건 그저 스쳐지나가는 행동이었고, 내 시선은 계속 책 속에 머물렀다.

레인의 별장까지는 100킬로미터 남짓이었지만 나는 중간쯤에서 내려 진한 블랙커피를 마셔야 했다. 잠을 잘 못 자서 그런지 자꾸만 졸렸다. 그 외에는 다른 날들과 같았다. 하늘은 여전히 높고 바람에서도 봄기운이 물씬 풍겼다. 발밑의 땅은 녹아 부드러워진 게 느껴졌고, 기온도 15도는 될 것 같았다.

좋은 날씨는 내 기분에도 좋은 영향을 끼쳤다. 덕분에 나는 추진력 있게 계획을 실행할 수 있었다. 레인의 별장까지 가서 음모의 증거가 될 편지를 찾아 땅을 판다는 것은 절대 쉬운 결정이 아니었다. 도움도 절실히 필요했다. 나는 조금이라도 긍정적으로 해석할 만한 징조가 있는지 의식적으로 또 무의식적으로 열심히 찾았고, 그것은 적어도 내게는 내 판단이 옳다는 증거로 여겨졌다. 그리고 A에

오고 나서부터 죽 해 온 일이었는데 그날따라 징조들이 유난히 피부에 와 닿았다. 따뜻한 햇살, 묘지에 피어난 노랗고 하얀 앙증맞은 꽃송이, 커피를 주문할 때 나를 보고 환하게 웃던 여직원의 얼굴, 뭐 그런 것들 말이다.

만약 모든 게 반대였다면, 그날 징조가 좋지 않았고 카페 계산대에 뚱한 표정의 여자가 서 있었다면 나는 그렇게 떨치고 나서지 못했을 것이다. 물론 다 지난 일이기 때문에 이렇다 저렇다 말하는 게 의미 없기는 하지만 그 3월 둘째 주에 날씨가 조금만 덜 좋았더라면 어땠을까 생각해 보는 것도 꼭 나쁘지는 않으리라.

베렌제에 도착하니 마침 그날이 장날이었다. 나는 교회 앞에 주차를 하고 휘르너가 그려 준 약도를 손에 든 채 사람들 사이로 들어가 바다로 가는 방향을 찾았다. 거기서는 바다가 전혀 보이지 않았다. 하지만 내 콧구멍은 실룩거리며 바다냄새를 맡아 냈고, 내 귀는 장터 위에 떠 있는 사람들의 웅성거림과 소음 밑으로 낮게 깔리는 쏴아 하는 파도 소리를 감지해 냈다. 그리고 1.5킬로미터 가면 바다가 있다고 알려 주는 녹슬어가는 이정표도 있었다.

왠지 모르게 다시 출발하기 전에 비상식량을 사 둬야겠

다는 생각이 강하게 들었다.

30분 후, 하얗게 회칠한 나지막한 시청 건물의 시계가 정각 1시를 알릴 때 나는 해변 쪽으로 움직이기 시작했다. 내 옆 조수석에 놓인 상자 안에는 꽤 많은 먹을 것들이 들어 있었다. 과일, 빵, 수제 잼, 치즈, 그리고 알코올이 든 사이다(사과를 발효시킨 발효주) 한 병. 경험상 사이다는 조심해서 마시지 않으면 훅 갈 수 있다.

2,300미터 앞에 바다로 내려가는 내리막길이 보였다. 높이 자란 수초와 해풍 맞은 관목들이 드문드문 보였고, 그 앞에서 길이 두 갈래로 나뉘었다. 나는 남쪽으로 운전대를 꺾었다. 야니스 휘르너의 말대로라면 거기서 3킬로미터만 더 가면 목적지다. 왼쪽으로 무너진 물레방아가 나오면 언덕 아래 소나무에 둘러싸인 벚꽃동산이 보일 것이라고 했다.

나는 유사가 깔린 좁은 아스팔트로 천천히 차를 몰았다. 그렇게 몇 분을 가니 정말 무너져 가는 물레방아가 나왔다. 나는 차를 멈추고 주위를 둘러보았다.

오른쪽에 휘르너가 설명한 것과 똑같은 집이 보였다. 나무에 빙 둘러싸인 집이었다. 칠이 벗겨진 파란색 우체통도 있고, 나무 사이로 들어가면 자연스럽게 만들어진 주차장도 있었다. 차 네다섯 대 정도 주차할 수 있는 공간이었다.

내게는 바로 그게 문제였다. 지붕 아래 그늘에 빨간색 벤츠 한 대가 서 있었다. 좋은 날씨가 꼭 내 편인 건 아니었다. 날씨가 좋으니 사람들이 바다로 모여든 모양이었다. 나는 마리암 카다르든 누구든 다른 사람과 마주치고 싶지 않았기 때문에 클러치를 밟으며 천천히 집 앞을 지나쳐 남쪽으로 내려갔다.

집이 보이지 않는 곳까지 가 길을 꺾어 울퉁불퉁한 가문비나무들이 서 있는 곳에서 차를 멈췄다. 모래땅을 단단하게 하려고 해변 근처에 나무를 심은 것 같은데, 여름에 나들이 나온 사람들에게는 돗자리 펴고 점심 먹기에 딱 좋을 것 같은 곳이었다. 특히 드문드문 떨어져 있는 별장 근처의 나무들은 방문객들에게 시원한 나무 그늘이 될 것이었다.

레인의 별장을 자세히 보지는 못했지만 한눈에 봐도 근처 별장들 중에서는 최상급인 것 같았다. 어쩌면 당연한 일이겠지만.

나는 비상식량이 든 상자를 들고 바람 부는 해변으로 나섰다. 그리고 다시 북쪽을 향해 되짚어 걷기 시작했다. 가끔씩 거품 섞인 파도가 핥아 대는 젖은 모래 해변을 따라 한참을 걸었다. 굳이 속도를 내지 않았고, 고개는 이글거리는 태양을 향해 거의 뒤로 젖힌 채였다.

물 위를 나는 갈매기는 애절한 소리로 울어 댔다. 해변은 고즈넉했다. 조깅 나온 빨간 트레이닝복 차림의 남자와 개를 끌고 지나가는 여자를 제외하고는 사람이라곤 찾아볼 수 없었다. 나는 땅이 점점 높아지기 시작하는 베렌제 앞 길게 튀어나온 반도까지 걸어갔다. 거기서 보니 남쪽으로도 땅이 높아지고 있었다.

20분쯤 해변을 따라 걸은 뒤 나는 다시 사구 쪽으로 올라갔다. 그리고 벚꽃동산과 비슷한 높이에 이르자 움푹 파인 모래 속에 자리를 잡고 기다리는 모드에 들어갔다. 나는 치즈와 빵을 조금씩 먹고 도수가 꽤 되는 달콤한 사이다를 몇 모금 마셨다. 그리고 10분도 안 돼 잠이 들어버렸다.

*

다시 눈을 떴다. 여기가 어딘지 알 수 없었다. 의사들과도 비전문가와도 상담해 봤지만 이 현상을 겪는 사람은 많았다. 나도 가끔 아침에 잠에서 깰 때 형체뿐인 먹먹한 현실로 내동댕이쳐지는 경험을 하곤 한다. 시간이 멈춘 듯 아무것도 생각나지 않는 블랙아웃의 순간 말이다. 내가 누군지, 여기가 어딘지, 지금이 어느 때인지 알 수 없다.

에바가 사라진 이후로는 무의식에서 발현한 그 순간의 자유를 소중히 여기게 됐다. 그렇게 해서 지난 3년간 에바와 함께했던, 말하자면 에바가 아직 내 곁에 있던 몇 분을 건졌다. 나는 항상 그것만도 어디인가 하고 위안으로 삼았다. 그러나 이번에 야외에서 자다 깼을 때는 위안이 되는 그런 종류의 것이 아니었다. 훨씬 강한 느낌이었고, 내 생각에는 예전과 완전히 다른 성질의 것이었다.

나는 모래에 등을 대고 누웠다. 높고 파란 하늘에는 갈매기가 원을 그리며 날았다. 태양빛이 따뜻했다. 파도소리, 해변의 풀 사이로 스치는 바람소리가 들렸다. 몇 초가 흘렀다.

에바? 정신이 드는 건 항상 에바를 기억하면서부터다. 머릿속에 그라우에스에서의 일이 떠올랐다. 3년 반 전 집에 돌아오던 때가 떠올랐다. 모르트 형사의 녹색 제복과 제복 겨드랑이에 땀으로 얼룩진 흔적도 떠올랐다.

다정한 친구들의 위로, 도움의 손길들.

병원에서 보낸 몇 달, 집에서 이사 나오던 날.

새 직장, 다시 번역을 맡게 된 일. 모린과 사귀다 잘 안 된 일, B와 함께한 여행. 그것도 결국 잘 안 됐다.

여긴 어디지?

개미 한 마리가 내 목 위로 기어올랐다. 갈매기가 울었다. 어디지?

1분쯤 지났을까? 아니면 그보다 더 지났을까? 나는 문득 정신이 들었다. 나를 현실로 데려온 건 기침소리였다. 마치 에바가 거기 모래사장에, 바로 내 옆에 누워 있기라도 한 듯 베토벤 바이올린 협주곡 때의 그 기침소리가 생생하게 다시 들렸다. 그건 마치… 어떤 기분이냐면, 총에 맞았을 때 그런 기분일 것 같았다. 아니면 전기의자에 앉아 있는데 전기가 통할 때?

죽진 않았다. 나는 눈을 감았다. 그리고 비닐봉지에서 사이다 병을 꺼내 조심스럽게 한 모금 마신 다음 눈을 감고 담배에 불을 붙였다. 나는 그대로 누운 채 담배를 피웠다. 꼼짝도 하지 않고 가만히 있으니 점점 긴장이 풀렸다. 나는 그 느낌을 없애 보려고 기억이란 것이 작동하는 방식, 그 자의성에 대해 생각해 보았다. 아니면 자의적이지 않은가?

삶이라는 병에 효과가 있는 처방은 정말 기억뿐일까? 여기서 기억이란 물론 망각을 뜻한다. 아마도 그럴 것이다. 적어도 그때 모래 속에 누워 있을 때는 그렇게 생각했다. 그리고 그 뒤로 그 생각을 바꾸게 만든 계기도 없었던 것 같다.

망각이다.

몇 분 후 정신을 차린 나는 벚꽃동산 쪽의 동향을 살피기 위해 모래 구덩이 밖으로 나왔다. 별장 건물 대부분은 소나무에 덮여 보이지 않았지만 빨간 벤츠는 그 자리에 그대로 서 있었다. 나무들 위로 겨우 목을 내밀고 있는 굴뚝에서 연기가 모락모락 피어오르다 바람결에 흩어졌다.

시계를 보니 2시 반이었다. 나는 다시 모래 구덩이 속으로 들어가 두 가지를 생각했다. 그들은 밤새 머물 생각인 걸까? 얼마나 어두워져야 눈에 띄지 않게 움직일 수 있을까?

나는 남아 있는 비상식량을 조금 먹었다. 문득 해시계의 위치가 중요하단 생각이 들었다. 밝을 때 위치를 알아둬야 할 필요가 있었다. 어두워진 후 몰래 들어가 땅을 더듬고 다닐 생각을 하니 영 내키지 않았다.

*

　그로부터 두세 시간 후 내 머릿속에는 훨씬 많은 정보가 들어와 있었다. 해시계는 레인이 원고에서 암시한 대로 엄청나게 큰 덩치의 청동 구조물이었다. 커다란 잔디밭 한가운데 떡하니 버티고 서 있는 모습이 거의 위엄 있어 보이기까지 했는데, 그 위치가 별장 건물에서 20미터는 족히 떨어진 듯했다. 어둠을 틈타 숨어 들어가 그 밑을 파본다고 해서 크게 위험할 것 같지는 않았다.

　벤츠는 여전히 그 자리에 서 있었다. 사람들이 왔다 갔다 하는 모습도 얼핏 보였다. 날씨가 좋은데도 계속 실내에 머물 생각인 것 같았다. 아니면 타인의 시선에 노출되기를 꺼리는 것이거나.

　나는 대부분의 시간을 모래 위에 엎드린 채 보냈다. 모래땅에 난 풀 사이로 얼굴을 쑥 내밀고 있으면 벚꽃동산을 한눈에 관찰할 수 있었고, 혹시 무슨 일이 일어나도 놓칠 염려가 없었다.

　그러나 벚꽃동산에서는 움직임이 거의 없었다. 있어도

별다른 일은 일어나지 않았다. 나는 해가 지기를 기다리는 동안 담배 스무 개비를 모두 피워버렸다. 내가 하루 동안 피우는 양이다. 비상식량도 진즉 동이 났다. 그러나 마음은 점차 차분해져 갔다. 고즈넉한 해변에서 그러고 있으니 잠시나마 숨통이 트이는 기분이었다. 그리고 그런 여유가 내게 필요했단 생각이 들었다. 나는 그 느낌을 잘 간직해 놨다가 나중에 꺼내 봐야겠다고 생각했다.

아무 기억도 없이 발작처럼 정신이 든 후 내 신경은 점차 안정을 되찾았고, 몸의 긴장도 누그러졌다. 그래서 8시 반쯤 레인의 별장에 접근하기 위해 조심스레 몸을 일으켰을 때도 별로 떨리지 않았다.

1층 창문에 불이 켜져 있었지만 불빛은 바로 앞 잔디밭까지만 미쳤다. 집 안에서 볼 때는 어두운 나무 그림자와 해변 목책 때문에 해시계가 잘 보이지도 않을 게 분명했다. 나는 잔뜩 몸을 낮춘 채 잔디밭을 가로질러 해시계 있는 곳까지 갔다. 해시계는 1미터 정도 되는 콘크리트 받침대 위에 세워져 있었다.

나는 맨손으로 그 주변의 흙을 파기 시작했다. 모종삽을 가져올 생각은 전혀 하지 못했다. 하지만 흙은 부드러웠고 레인도 딱히 깊이 파묻지는 않았을 것 같았다.

몇 분 정도 흙을 팠더니 정말 뭔가가 손에 만져졌다. 납작하고 자그마한 물건이었다. 그것은 레인이 글에 쓴 대로 왁스코팅 된 천에 싸여 있었고, 가로세로 15 곱하기 20센티미터, 두께는 2, 3센티미터 정도였다.

나는 천에 묻은 흙을 털어내고 받침대 주변의 흙을 가지런히 해놓은 다음 다시 나무 사이를 지나 해변으로 내려왔다. 막 언덕 위에 올라섰을 때 구름 뒤에서 달이 나오며 만 위로 은빛 양탄자가 펼쳐졌다. 그것 또한 수많은 징조 가운데 하나였다.

*

A로 돌아가는 데는 한 시간 반이 걸렸다. 그동안에도 나는 차분하고 흔들림 없는 상태였다. 옆자리에 놓인 봉투에 몇 번 눈길을 줬지만 특별히 무슨 생각이 들거나 감정의 동요도 일어나지 않았다. 나중에 차를 헤르츠에 반납하고 난 뒤 〈블리싱엔〉에서 술을 몇 잔 마셨는데, 심지어 탁자 위에 그 봉투를 그대로 둔 채 화장실에 다녀오거나 바에

갔다 오곤 했다. 아마도 운명에게 늦기 전에 개입할 기회를 주려 했던 것 같다. 아니면 운명에 대한 도발이었거나.

그러나 그런 일은 일어나지 않았다. 그날 저녁 운명은 비번이었다.

나는 자정 무렵이 되어서야 집으로 돌아왔다. 먼저 베아트리스에게 모래를 갈아주고 먹이를 준 다음 지저분한 봉투는 책장 맨 위 칸 책 뒤에 숨겨 두었다. 며칠 그대로 두고 손대지 않을 작정이었다. 이론적이나마 내게도 기회를 주기 위해서였다. 이 일에서 손을 뗄 기회를.

모래밭에서 낮잠 잔 걸로는 모자랐는지 나는 옷도 제대로 벗지 못하고 침대 위에 쓰러져 잠들었다. 살다 보면 아침에 일어났던 그 사람이 아니라 다른 사람이 되어 저녁에 잠자리에 드는 일이 생긴다. 그 날이 바로 그런 날이었다.

그녀가 떠난 뒤 나는 다시 침실로 갔다. 그리고 읽고 있던 책 두 권이 있어서 읽어 보려고 했다. 하지만 영 집중이 되지 않았다. 그래서 욕실로 가 따뜻한 물로 오랫동안 샤워를 했다. 샤워를 하며 오늘 하루를 어떻게 보내야 할까 생각하다가… 전에 이 생각에 대해 썼던 기억이 나는데, 바로 이 대목이다.

결국은 강을 따라 트레킹을 하기로 했다. 몸을 움직여야 한다는 신호가 뚜렷이 느껴졌고, 또 며칠 전 동굴 탐사 때보다는 날씨도 훨씬 좋았다. 이번에는 호텔 주인에게 도시락을 부탁하지 않고 현지에서 해결하기로 했다. 강변에 여러 건물이 있으니 식료품 가게나 카페도 문 연 곳이 있을 것 같았다.

날씨가 무척 좋았던 그날, 나는 물이 넘실거리는 강을

따라 총 네 시간을 걸었다. 가끔은 바위에 앉아 쉬면서 경치를 감상하거나 콸콸 흐르는 물속에 찌를 던지는 낚시꾼들을 구경하기도 했다. 그렇게 강 상류를 향해 5킬로미터쯤 가니 기념품 가게가 딸린 카페가 나왔다. 나는 샌드위치와 함께 맥주 두 잔을 마셨다. 더운 날씨에 오래 걸어서 무척 목이 말랐다. 기념품 가게에서 엽서를 사면서 주인과 담소도 나누었다. 그는 뚱뚱한 티롤 사람으로 세상만사 태평해 보였는데, 얘기를 들어보니 안 다닌 곳이 없는 사람이었다. 심지어 80년대 초반에는 내 고향에도 몇 시간 머문 적이 있다고 했다.

다시 그라우에스로 돌아온 나는 식당 넘버3에서 식사를 하고 가게를 기웃거리며 시내를 돌아다니다 호텔로 돌아왔다. 로비로 들어와 시계를 보니 어느새 저녁 7시였다. 안내데스크에 앉아 있던 H부인이 언제나처럼 오늘 하루 즐거우셨냐며 인사를 건넸다. 나는 아주 즐거웠다고 대답했다.

"우리 집사람 돌아왔습니까?"

내가 물었다.

"아직이요."

그녀는 그렇게 대답하며 미소를 지었다.

보기에 따라선 그 미소 끝에 냉소가 살짝 비친 것도 같았다. 그녀도 분명 우리가 너무 많은 시간을 따로 보내고 있다는 걸 눈치 챘으리라. 그러나 나는 아무렇지도 않은 듯 고개를 끄덕이고는 그녀가 반들반들한 대리석 카운터 위로 내미는 열쇠를 받았다.

방에 올라오자 갑자기 뱃속에서 난리가 났다. 특히 배꼽 바로 아래가 마치 칼로 찌르는 것처럼 아팠다. 그리고 구역질이 났다. 나는 욕실로 달려가 그날 먹은 것을 모두 토했다. 그리고 비틀거리며 욕실에서 나와 침대에 쓰러졌다. 그때 산비탈 중턱에 있는 작은 교회에서 7시 반을 알리는 종소리가 났다. 유난히 요란하고 거친 그 소리는 언짢을 정도로 오랫동안 골짜기에 울려 퍼졌다.

나는 눈을 감고 아무것도 생각하지 않으려 애썼다.

*

다음 날 저녁, 그날은 토요일이었다. 나는 H부인에게 아내가 사라졌다고 말했다. 그리고 다음 날인 일요일, 대미사가 끝난 후 경찰이 찾아왔다.

아렌마이에르라는 상당히 친절한 경찰관은 비쩍 마른 예순 살의 남자로, 그라우에스 경찰서의 서장이다. 관광객이 몰려드는 동절기에는 항상 부하직원 몇 명을 대동하고 다니지만 시즌이 아닐 때는 범죄율이 낮아서 경찰 제복을 입을 필요도 없다고 했다. 적어도 H부인의 말에 의하면 그랬다. H부인과 아렌마이에르 사이에는 어렴풋이 어떤 관계가 있음이 느껴졌는데, 그게 어떤 종류의 것인지는 끝내 알아내지 못했다. 두 사람이 비슷한 연배니 이루지 못한 사랑이 아닐까 추측해 볼 뿐이다.

우리는 발코니에 앉아 있었다. 아렌마이에르는 파이프 담배를 피우며 검정색 수첩에 메모를 했다. 가끔씩 진심 어린 표정으로 정말 상심이 크시겠다고 말하는 것도 잊지 않았다. 그의 가장 큰 근심은 에바가 다른 곳이 아닌 그의 관할 지역에서 실종됐다는 것이다. 하지만 누구보다 내 고통이 클 거라는 걸 알 정도의 통찰력은 있었다.

그는 에바와 아우디의 생김새, 에바가 차를 타고 떠난 시각 외에는 질문을 하지 않았다. 그리고 20분 뒤 질문을 마치고 일어서면서 즉시 실종자 수배령을 내리겠다고 약속했다. 또한 내가 준 에바의 사진을 복사한 뒤 바로 돌려 주겠다고 했다.

모르트 형사가 찾아온 것은 그로부터 사흘이 지난 뒤였다. 아렌마이에르가 그를 보낸 것인지, 사건이 경찰 상위 부서로 올라간 것인지 나로서는 알 수 없었다. 어쨌든 그는 아렌마이에르와는 비교할 수 없이 거친 유형이었다. 작은 키에 다부진 체격, 숱이 적은 검은 머리에는 포마드가 잔뜩 발라져 있었고, 눈동자는 차디찬 녹색이었다. 그런 눈을 가지고 태어난 사람은 언젠가 경찰이 될 수밖에 없을 거라고 생각했다.

이번에는 그라우에스 경찰서에서 신문이 이루어졌다. 다리가 흔들거리는 싸구려 책상 위에서 녹음기가 돌아가고 있었다. 지금도 자세히 기억난다.

"어떻게 된 건지 말해 보세요!"

그가 말했다.

나는 그가 질문하는 속도를 따라가지 못했다.

"어디 있는지 알고 있죠?"

"아니요……."

"무슨 이유가 있으니까 집을 나간 거 아닙니까? 설마 아무 이유도 없다고 하려는 겁니까?"

"네, 아내에게 무슨 일이 생긴 것 같은데…….."

"무슨 일이요?"

내가 어깨를 으쓱하자 그가 녹음기를 눈짓으로 가리켰다.

"그건 모르겠습니다."

"뭐 짚이는 것도 없어요?"

"없습니다."

그는 내게 몸을 잔뜩 기울이고 나를 노려보았다. 그에게서 입 냄새가 났다. 그리고 그는 재킷을 벗어 의자 등받이에 걸쳐 놓았다. 셔츠 차림이었는데도 땀을 줄줄 흘리고 있었다.

"부인하고 싸웠죠?"

"아니요."

"거짓말하지 마세요."

"아닙니다. 왜 싸웠다고 생각하십니까?"

그가 소리 내어 웃었다. 사람의 웃음이라기보다는 짐승이 짖는 소리 같았다.

"호텔 주인 한츠카 부인 말로는 계속 따로 다녔다고 하던데요?"

"……."

"맞죠?"

"서로 관심 분야가 달라서 그랬습니다."

"흥, 웃기는 소리 하지 말고."

잠시 휴식시간이 주어졌다. 우리는 각자 담배에 불을 붙였다.

"부인을 제거해야 할 필요가 있었던 거 아닙니까?"

하필 그 순간 담배 연기가 목에 걸려 나는 기침을 해대기 시작했다. 기침이 너무 심해서 결국 그가 내 쪽으로 와서 내 등을 두드려 줘야 했을 정도였다.

내 갑작스러운 실수가 그 상황에서 도움이 되지 않을 것은 명백했다. 동시에 나는 일종의 분노가 치밀어 오르는 것을 느꼈다.

"고맙습니다. 그런데 대체 무슨 뜻으로 그런 말을 하는 겁니까?"

"무슨 뜻으로?"

그는 다시 제자리로 돌아가 앉았다.

"지금 내 아내가 실종된 게 나와 관련 있다는 뜻으로 말하는 거 아닙니까?"

"무슨 말씀입니까?"

나는 순간 그가 정말 내 말뜻을 못 알아들은 것인지, 아니면 내가 그의 말을 못 알아듣는 것인지, 그렇지 않으면 수사 전략인지 판단하기가 힘들었다. 나는 아무 말도 하지 않았다.

　"무슨 일이 있었는지 처음부터 말해 보세요."

　잠시 침묵이 흐른 뒤 그가 말했다.

　"저는 강을 따라 트레킹을 하고 싶었는데, 에바는 드라이브를 하고 싶다고 했습니다."

　내가 말했다.

　"우리처럼 결혼생활을 오래 하다 보면 각자의 자유를 존중하게 됩니다."

　"아, 그래요?"

　"네, 상식이 있는 사람이라면요."

　"본인은 그런 사람이다 그 말입니까?"

　"네."

　"그런데 부인이 어디로 갔는지는 모른다?"

　"모릅니다."

　"정말 몰라요?"

　"정말 모릅니다."

계속 이런 식이었다. 샛노란 색으로 칠해진 방에서 녹음기를 사이에 두고 탁구공 주고받듯 하는 대화가 한 시간 넘게 이어졌다. 그러다 그가 아무 예고도 없이 녹음기를 껐다. 그리고 재킷을 도로 입으며 오늘은 여기까지 하겠다고 했다.

그리고 아니나 다를까 며칠 뒤 다시 나를 찾아왔다. 내가 그라우에스를 떠나는 날 아침이었다. 나는 제네바를 거쳐 비행기로 집에 돌아갈 예정이어서 시간이 빠듯했다.

우리는 딱 15분 정도 대화를 나누었다. 그날도 그는 크게 바뀌지 않은 전략을 들고 나왔다. 별 근거도 없이 내게 죄를 뒤집어씌우려는 시도도, 차디찬 눈초리도, 땀에 젖은 셔츠도 똑같았다. 셔츠는 아마 비슷한 것이었겠지만. 드디어 그가 돌아갔을 때는 마음이 얼마나 홀가분했는지 모른다.

내가 호텔에 머무는 동안 아내의 실종과 관련된 소식은 전혀 들려오지 않았다. 나는 그 뒤로 다시는 산에 올라가지 않았고, 마우리츠 빙클러에게서 연락이 오지도 않았다. 그때도 그랬고 나중에도 마찬가지였다.

8월 30일 오후, 나는 두 시간 반 동안 택시를 타고 달려 제네바 공항에 도착했다. 그리고 정기운행 편 저녁 비행기에 탈 수 있었다. 그 비용은 모두 영사관에서 냈다. 아마 그런 사건의 경우 그렇게 하는 게 일반적인 것 같았다.

*

집에 돌아오고 나서 한동안은 별일 없이 지나갔다. 에바와 내가 알고 지내는 사람은 네다섯 명 정도였는데, 마치 일정표라도 짠 듯 규칙적인 간격으로 나를 찾아왔다. 9월 말쯤 되자 이제 지인들의 방문도 뜸해졌고, 나는 외로움에 익숙해져 혼자만의 삶에 적응했다.

에바 실종사건 수사가 어떻게 진척되고 있는지는 국내 경찰을 통해 들었다. 한동안은 수사관 한 명이 에바 사건에 풀타임으로 배치되기도 했었다. 나는 일을 끝내고 매주 금요일 오후에 경찰서에 들러 최근 소식을 들었다. 최근 소식이라고 해 봐야 새로운 추측이나 가설에 그쳤지만.

10월 초 담당 수사관이 다른 부서에 배치되었고, 우리는 구체적인 것을 알게 되면 서로 연락을 주고받기로 했다. 물론 그런 일은 일어나지 않았다.

내가 마우리츠 빙클러를 수소문하기 시작한 것도 그 즈

음, 10월 중순이었다. 물론 일은 최대한 조용히 진행됐다. 몇 군데 통화를 해 본 결과 마우리츠 빙클러가 유럽 내 다른 나라로 이민 갔다는 사실을 알아낼 수 있었다. 그러나 구체적으로 어디인지는 아는 사람이 없었고, 나도 굳이 알고 싶지 않았다.

11월이 되자 에바가 돌아올 것이라고 믿는 사람은 없었다. 직장의 일자리도 다른 사람에게 넘어갔다. 에바의 어머니, 나와 어지간히 사이가 좋지 않았던 루베 부인은 에바를 위한 추도 예배라도 해야 하지 않겠느냐고 물어왔다. 나는 실종된 사람을 장례 지내는 법이 어디 있냐며 관심 없다고 했다.

그 대화가 오가고 딱 일주일이 지났을 때 나는 무너졌다. 그 일이 벌어진 건 화요일 새벽 3시와 4시 사이, 즉 늑대의 시간(자정부터 새벽까지)이었다. 잠이 깼는데 여기가 어딘지 알 수 없었다. 그리고 그다음 상황은 내가 추락하는 상황이었다. 추락이라기보다는 블랙홀에 빨려 들어가는 것만 같았다. 속도는 현기증이 날 정도로 빨랐고 끔찍하게 무서웠다. 나중에 그 느낌을 글로 옮겨 보려 했지만 매번 실패했다. 그 후 시간이 지나면서 그 느낌을 표현할 말이 존재하지 않는다는 것을 깨달았다.

사람들은 내 침실 쪽 아래 보도블록 위에서 나를 발견했다. 부상당하고 피투성이가 됐지만 어느 정도 의식이 있는 상태였다. 이미 말했듯이 나는 10주가 지나서야 다시 내 방 침대로 돌아올 수 있었다.

감히 주장하건대 그 시기에 나는 다른 사람이 됐다.

바닷가에 다녀온 뒤 10일 내지 12일 동안 나는 지극히 충실하게 일과표에 따라 움직였다. 대개는 무벤루데 부인이 문을 열 때 함께 도서관에 들어갔고, 몇 분 일찍 와서 도서관 앞에서 기다리는 날도 있었다. 우리 사이에는 여전히 많은 말이 오가지는 않았다. 주로 날씨에 대한 짤막한 말뿐이었다.

따뜻한 날씨가 계속됐다. 오후에 내 책상 옆 창문으로 내다보면 반팔 차림의 얇고 가벼운 여름옷을 입은 사람들이 무르케 가를 따라 걸어가는 것이 보였다. 아직 3월 중순인데 초여름 날씨였다. 그러나 먼지 않은 도서관 내부는 계절에 상관없이 언제나 똑같은 조건이었기에 나는 궤도를 탈선한 듯한 날씨 따위에는 별 관심이 없었다. 그리고 밖이 내다보일 정도로 고개를 높이 쳐드는 일도 거의 없었다.

레인의 텍스트는 40쪽 남아 있었다. 나는 목적의식을 가지고 때로는 집착에 가까울 정도로 작업에만 몰두했다. 단어 하나에도 소홀하지 않으려 했고, 집중력을 유지하려고 노력했다. 당시 내가 하루에 번역하는 양은 4, 5쪽 정도였다. 한번 일을 하기 시작하면 자리를 뜨는 일이 없었다. 4시 반에 차와 쿠키가 나오면 먹고, 무벤루데 부인이나 두 젊은 사서 중 하나가 와서 문 닫을 시간이라고 알릴 때까지 계속 일을 했다. 빨강머리 여직원은 내게 뭔가 묻고 싶은 눈치였지만 내가 능숙하게 시선을 피했기 때문에 선뜻 입을 떼지 못했다.

집에 돌아가는 길에는 반 배를레 가에 있는 식당들 중 하나에 들어가 식사를 했다. 내가 선호하는 식당은 〈카이저〉와 〈라팔로테〉였다. 식사 후에는 〈블리싱엔〉에 가서 맥주 두 잔과 위스키 두 잔을 마시고 신문을 뒤적거리거나 사람들을 구경하다 보면 몇 시간이 훌쩍 지나갔다. 손님 대부분이 단골이어서 낯익은 얼굴을 보면 눈인사 정도는 주고받았다. 물론 미래에 대한 생각도 했다.

왁스 코팅 된 천에 싸인 물건은 여전히 손대지 않은 채 책장 맨 위 칸 책 뒤에 있다. 하지만 그걸 열어 봐야 할 시점은 시시각각 다가오고 있었다. 만약 그 내용이 내가 생각한 것과 같다면 상황은 완전히 달라질 것이다. 새로운 장까지는 아니어도 새로운 페이지가 펼쳐진다고나 할까. 내가 번역에 매진한 것도 어서 번역을 마치고 다음 과정으로 나아가기 위해서였다.

케르와 아문센이 받아보게 될 원고는 수정본이 아니라 내가 손으로 쓴 초고다. 물론 처음부터 꼼꼼하게 작업을 하긴 했다. 그들이 몇 달 더 기다려 준다면 더 완성된 형태로 안겨 줄 수 있겠지만 그 당시 상황으로 봐서는 한시도 지체할 것 같지 않았다. 그들은 아마 하루라도 빨리 서점에 책을 진열하고 싶어 원고를 받자마자 진행 중이던 모든 일정을 제쳐놓고 인쇄소로 달려갈 것이다. 만약 내 예상이 맞아떨어진다면 그 책은 센세이션 자체가 될 것이다. 말하자면 문학적 특종이라고나 할까? 말이 필요 없었다. 그건 출판사 사람들이 꿈꾸는 것과는 비교도 안 되는 차원의 특종이다.

물론 내 상상일 뿐이다. 하지만 그날 저녁 연기 자욱한 〈블리싱엔〉에서 이런저런 생각을 하다 보니 딱 그렇게 될 수밖에 없다는 생각이 들었다. 그 반대라고 말해 주는 정황은 전혀 없었다.

한 가지 궁금한 건 레인은 어떻게 생각할까 하는 것이다. 결국 그 모든 걸 생각해 내고 연출한 장본인은 레인이 아니던가.

그는 널찍한 무덤 속에서 느긋하게 돌아누울까?

아니면 손으로 입을 막고 쿡쿡 웃을까?

*

내 기억이 정확하다면 내가 원고를 끝낸 날은 수요일이었다. 마침 차를 마시고 난 다음이었다. 나는 원고와 공책 등 책상 위의 종이들을 한데 쓸어 모아 서류 가방에 집어넣고 마지막으로 그 책상에서 일어섰다.

거리로 나온 나는 항상 본델 공원 입구에서 꽃을 파는 남자에게 커다란 꽃다발을 샀다. 그리고 도서관으로 돌아가서 무벤루데 부인에게 꽃다발을 건네며 그동안 잘 챙겨줘서 고마웠다, 일을 다 끝냈다, 하지만 A에 몇 달 더 머물 테니 또 들르겠다고 말했다. 무벤루데 부인은 무척 감격했지만 뭐라고 할 말을 찾지 못했고, 우리는 식상한 이별의

인사를 나누고 헤어졌다.

*

같은 날 저녁, 나는 작업한 원고를 처음부터 끝까지 읽
어 보았다. 다 읽는 데는 여섯 시간이 걸렸다. 군데군데 고
친 곳은 있지만 전체적으로 볼 때 내가 생각한 것처럼 결
과물이 나쁘지는 않았다. 깊이 있는 작품이고, 번역하기에
는 꽤나 까다로웠지만 뜻을 잘 짚어내고 의미의 층도 살려
낸 것 같았다. 전체적으로 볼 때 딱히 불만족스러운 부분
은 없었다.

다 읽고 나니 2시 15분이었다. 나는 부엌에 가서 물 마
시는 잔에 위스키를 2, 3핑거 정도 따랐다. 그리고 다시 거
실로 돌아와 책장에서 그 물건을 꺼냈다.

나는 안락의자에 앉아 조심스레 천을 풀었다. 레인이 책
에 쓴 대로 노란 비닐 봉투로 한 번 더 싸여 있었고, 그 안
에 하얀 종이 네 장이 접힌 채 들어 있었다. 편지봉투는 없
었다. 편지를 읽기 전에 쓱 보니 두 장은 원본이고, 두 장은
복사본이었다. 원본은 타자기로 친 것인데 내가 보기엔 같

은 타자기로 친 것 같았다.

　나는 위스키를 한 모금 마시고 편지를 읽기 시작했다. 편지를 다 읽는 데는 5분이 걸렸다. 나는 마지막 남은 위스키를 목 안에 털어 넣었다. 그리고 다시 한 번 편지를 읽었다.

　나는 의자 깊숙이 등을 기대고 앉아 생각에 잠겼다. 새로운 관점에서 새로운 답을 내보려 했지만 아무 대답도 떠오르지 않았다. 이번에는 편지를 읽은 내 감각의 증언을 의심하기 시작했다. 그러나 그건 불가능했다.

　너무도 분명했다. 레인은 살해된 것이 분명했다.

　살해되었다.

　나는 꽤 오래전부터 그 사실을 알고 있었다. 인정하기 위해 최종적인 확인이 필요했을 뿐이다. 그런데 막상 눈앞에서 확인하고 보니 엄청나게 비현실적인 느낌에 사로잡혔다.

　헤르문드 레인은 살해당한 것이다.

　M, 마리암 카다르와 G에게.

　그때까지만 해도 나는 G가 누구인지 알지 못했다. 편지 네 장 모두 O로 서명이 돼 있어서 이상하게 생각하던 참이었다. 나는 이니셜 때문에 한참 고개를 갸웃거리다 결국 전화를 걸기로 했다.

A 내에서의 시내 통화가 가능한 전화기로 야니스 휘르너에게 전화를 걸었다. 휘르너는 열 번 정도 신호음이 간후 잠이 덜 깬 목소리로 전화를 받았다.

"G가 누구죠?"

내가 물었다.

내 질문이 접수될 때까지는 잠시 시간이 걸렸다. 하지만 일단 접수되자 당연하다는 듯 대답이 돌아왔다.

"누구긴 누구예요, 헤를라흐지."

귀에 익은 이름이었다. 하지만 자세한 설명이 필요했다.

"오토 헤를라흐. 레인의 출판사 사장이잖아요. 만난 적 없어요?"

나는 거의 웃음을 터뜨릴 뻔했다. 그러고 보니 모든 게 맞아떨어졌다. M과 G. 그들의 비밀스러운 놀이. 번역 의뢰. 비밀리에 진행되어야 한다는 전제. 그 모든 것들에는 나름의 이유가 있었다.

나는 야니스 휘르너에게 고맙다고 말하고 전화를 끊었다. 그리고 불을 끈 상태로 베아트리스를 무릎 위에 앉힌채 가만히 어둠을 응시했다.

젠장맞을. 좀 더 일찍 알아챘어야 했는데.

그러나 가만히 생각해 보니 나를 탓할 일은 아니었다. 더 일찍 알아챘다고 해도 크게 달라질 것은 없었을 것이다. 엄격히 말하면 전혀 달라지지 않았을 것이다.

나는 편지를 다시 책 뒤에 숨기고 잠자리에 들었다. 그리고 오토 헤를라흐가 어떻게 생긴 사람이었는지 떠올려보았다. 그를 만난 적은 없지만 출판업계에서는 꽤 알려진 사람이기 때문에 어디선가 사진을 봤을 것 같았다. 그러나 기억나는 건 눈과 눈 사이가 좁고, 어두운색 눈동자에 입술이 두툼한 얼굴뿐이었다.

왜 마리암 카다르 같은 여자가 그런 사람에게 넘어갔을까? 의아하기만 했다. 하지만 곧 휘르너가 여자의 본성에 대해 말한 것이 떠올랐고, 내 기억이 잘못됐을 수도 있다는 생각이 들었다.

잠이 들긴 했지만 왠지 지금 잠이나 잘 때가 아니라는 생각과 함께였다.

\*

몇 시간 후 나는 이미 일어나서 빠른 걸음으로 이동 중이었다. 마흐데부르흐 로에 있는 우체국에 들어가 케르에게 전화를 걸었다. 케르와는 통화할 수 없었지만 재빨리 아문센에게 수화기가 넘어갔다.

나는 그에게 상황을 설명하기 시작했다. 내 귀에는 그의 심장이 벌렁거리는 소리가 들리는 것 같았다. 흥분해서 가만히 앉아 있질 못하는지 의자 삐걱거리는 소리가 계속 들렸다. 말을 끝낸 나는 처음부터 끝까지 이야기를 한 번 더 반복해야 했고, 그런 다음에야 내 제안을 말할 수 있었다.

그는 내 의견에 바로 동의했다. 나도 당연히 그럴 것이라고 예상했었다. 출판사는 내가 A에서 6월 중순까지 머물 수 있도록 체류 지원을 연장하고, 나는 번역 원고를 바로 보내 주기로 했다. 그리고 혹시 모르니 복사본을 만들어 안전한 곳에 숨겨 두기로 했다.

그런 다음 바로 경찰서로 직행했다.

*

나는 내가 해야 할 일을 순서대로 처리했다. 먼저 막데부르크 로를 따라 조금 내려간 곳에 있는 복사 가게에서 원고를 복사했다. 복사를 다 하는 데는 한 시간이 걸렸다. 그런 다음 아까 전화를 했던 우체국으로 돌아가 원고를 부치고 집으로 가서 복사본을 책장 뒤에 숨겼다.

우트레흐트 가에 있는 경찰서로 가는 길에 나는 한 카페에 들러 위스키를 마셨다. 그즈음 그런 행보가 너무 잦긴 했지만 그 순간에는 위스키 한 잔이 꼭 필요했다. 나는 바에 서 있었는데, 거기 서 있는 동안 마리암 카다르의 관능적인 모습이 자꾸만 눈앞에 어른거렸다. 가냘픈 어깨, 옷을 입고 있는데도 나체로 느껴지던 육체. 그 카페는 무척 조용했기 때문에 눈을 감으면 내 옆 바스툴에 그녀가 앉아 있는 것 같은 느낌이 들었다.

몇 분 후 나는 반투명 유리문을 열고 경찰서로 들어가 안내 데스크에 앉아 있는 여자 경찰관에게 내 용무를 말했다. 이런저런 질문과 답변이 오간 후 나는 무뚝뚝하지만 믿음직해 보이는 수사관에게 안내되어 여차저차 상황을 설명할 수 있었다. 그의 이름은 드브리스, 옷깃에 아약스(암스테르담 프로 축구 클럽_역주) 배지를 꽂고 있었다.

나는 내 얘기를 들어준 그 경찰관에게 레인의 원고 원본과 편지 네 장을 넘겼다. 아문센이 말한 대로 수령증도 받왔다. 아문센은 수령증을 꼭 받으라고 신신당부했었다.

한참 뒤 다시 우트레흐트 가로 나선 나는 A에 온 이유 중 하나를 해결한 것 같아 후련함을 느꼈다. 이제 나머지 일에 전념할 수 있겠다는 희망에 부풀었다.

지나고 나서 생각해 보니 그때가 사람들이 내 말에 가장 귀를 잘 기울였던 때인 것 같다.

II

연달아 사흘째 아침 일찍 일어난 나는 발코니에 서서 카잔차키스 씨의 건장한 두 아들이 조업을 나가느라 미동도 없는 바다에 배를 띄우는 모습을 지켜보았다. 이 분야의 일들이 그렇듯 거의 의식처럼 치러지는 행사다.

그들은 그렇게 나갔다가 서너 시간쯤 지난 후 점심시간 전에 돌아왔다. 그리고 난감한 듯 어깨를 으쓱하면서 조금밖에 못 잡았다며 관광객들에게 잡아온 물고기를 보여 주었다. 보통은 붉은빛을 띠는 작은 물고기 열댓 마리 정도였다. 그 물고기들은 레스토랑의 점심 메뉴에 원래 모습 그대로 가시와 비늘이 붙은 채 생선구이가 되어 나왔다. 특별히 상상력을 발휘한 요리는 아니었다.

나는 "탈라타"(크세노폰의 〈아나바시스〉에 등장하는 말로 '바다'라는 뜻_역주)라고 되뇌며 어두운 방 안으로 들어갔다. 그리고 공책, 연필, 담배, 물병을 찾아 가지고 다시 나왔다. 나는 플라스틱 의자에 앉아 글 쓸 준비를 했다. 아직 6시 20분이라 찬 새벽공기가 남아 있었다. 앞으로 한 시간 반 동안은 계속 그럴 것이다. 발코니에는 그늘이 드리워졌다. 하루 중 밝은 시간에 유일하게 소용되는 공간은 바로 이 발코니다.

이 섬은 정말이지 미치도록 아름답다. 내가 헨더슨을 신뢰하는 이유가 단지 그것 때문만은 아니길, 정말 제대로 된 장소를 찾은 것이길 바랄 뿐이다. 어쨌든 나는 이곳에 한 달 정도 더 머물 생각이고, 그 어떤 것도 우연에 맡기지 않을 생각이다.

그날 아침에도 나는 헨더슨과 그가 찍은 흐릿한 사진들을 떠올렸다. 바다, 산, 올리브 언덕. 그리고 담배에 불을 붙인 다음 글을 쓰기 시작했다.

*

마리암 카다르와 오토 헤를라흐가 체포된 것은 4월 3일이었다. 라디오를 틀자마자 그 뉴스가 나왔다. 마침 나는 비좁은 부엌에서 아침에 마실 커피를 준비하고 있었다. 이미 그 사실을 알고 있었지만 막상 아나운서의 입을 통해 들으니 몸을 움찔하지 않을 수 없었다. 마치 그제야 현실이 되었다는 듯이. 그리고 어떻게 보면 그게 사실이기도 했다.

그 사건은 그날 아침 전까지는 언론에 전혀 새어나오지 않았다. 경찰은 2주 넘는 기간 동안 소리 소문 없이 수사를 진행시켰다. 그저 우연인지 아니면 조용히 일을 처리하기 위해 철통보안을 유지한 것인지는 알 수 없었다.

그러던 것이 하루아침에 천하가 다 아는 사건으로 변했다.

한 시간 뒤 나는 중앙역에서 바싱엔 행 통근 열차를 기다리고 있었다. 조간신문 일면과 부록이 레인, 마리암 카다르, 오토 헤를라흐의 사진으로 도배돼 있는 것을 보니 세상이 온통 그 소식을 중심으로 돌아가는 듯했다.

문득 예전에 본 영화가 떠올랐다. 어둠 속에 묻혀 있던 의미들이 드러나고 관객이 새로운 템포 속으로 빨려들기 시작하는 순간, 모든 게 뒤집어지는 그 중요한 순간에 돌연 끝나버리며 관객에게 한 방 먹이는 영화였다. 그만 보고 나갈 것인지 아니면 끝까지 앉아서 결말이 어떻게 나는지

볼 것인지 고민하는 그런 순간 말이다.

나는 열차에 탔다. 열차가 출발하자 도시를 벗어난다는 생각 때문인지 해방감이 들었다.

*

M과 G의 죄과가 만천하에 드러나던 날 나는 두 번째로 바싱엔을 찾았다. 첫 방문 이후 한 달도 넘은 시점이었다.

레인의 원고를 손에서 놓은 뒤 나는 며칠간 뉴할레와 콘세르트헤바우 앞에서 저녁시간을 보냈다. 그 시간들은 지루하기 짝이 없었다. 그리고 에바의 모습은 어디서도 찾아볼 수 없었다. 그렇지 않을 때에는 〈블리싱엔〉이나 다른 바에서 맥주와 담배를 앞에 놓고 앉아 뭔가 괜찮은 방법이 없을까 궁리를 했는데, 딱히 뾰족한 수가 떠오르지는 않았다. 한동안은 이제 그만둬야 할까 하는 생각을 하기도 했다. 하지만 아침에 술이 깨고 나면 그런 생각은 저만치 밀려나 있었다.

그래서 바싱엔에 한 번 더 가보기로 한 것이다. 돌이켜보면 정말 거기서 뭔가 알아낼 수 있을 거라고 생각하지는 않았던 것 같다. 솔직히 말하면 2월 말 매르텐스의 직원이 거기서 에바를 보았다고 했을 때도 꼭 그 말을 믿었던 건 아니다. 본 사람이 없었다는 게 아니라 매르텐스가 성과 비슷한 걸 보여 주기 위해 일부러 꾸며 낸 이야기라는 의심이 아주 없지는 않았다는 거다. 어쨌거나 나는 그게 한낱 지푸라기 같은 희망이라는 걸 알고 있었다. 하지만 다른 대안이 없었기 때문에 그 지푸라기라도 붙잡아야 했다.

그리고 3월에서 4월로 넘어갈 즈음에는 에바를 찾는 일이 목적을 위한 목적이 돼버렸다는 인식도 하고 있었다. 가끔 머리가 맑은 날에는 영영 에바를 찾지 못하리라는 예감이 들 때도 있었다. 하지만 할 수 있는 데까지는 해 봐야 한다는 게 내 생각이었고, 그렇게 하지 않으면 계속 살아갈 수 없을 것 같았다.

그때는 그랬다.

게다가 내게는 시간이 있었다. 6월 중순까지는 일정한 소득이 보장돼 있었고, 직장에 나가거나 해치워야 할 일이 있는 것도 아니었다. 하루하루가 채워야 할 빈 종이였다.

그러니 찾지 말아야 할 이유가 없었다.

바에는 지난번에 보았던 그 보디빌더 타입의 바텐더가
서 있었다. 그는 동구 사람 특유의 뻣뻣한 매력이 넘치는
태도로 위스키를 따라주었다. 나는 잔을 들어 단숨에 들이
켠 뒤 시장 광장으로 나왔다. 바람은 지난번과 비슷한 세
기로 불고 있었지만 그때보다 확실히 따뜻했다.

광장 너머에 이탈리아 아이스크림 가게를 흉내 낸 가게
가 있었다. 벌써부터 흰색 플라스틱 의자와 탁자 한두 개
를 내놓았지만 누군가 거기 앉고 싶어질 때까지는 아직 한
달은 더 기다려야 할 것 같았다.

광장에는 지나가는 사람도 별로 없었다. 실업자와 장기
병가를 낸 사람들이 꽤 모여 있을 법한 동네지만 아직은
이른 오후라 사람들이 가게를 찾는 시간이 되려면 서너 시
간은 더 기다려야 할 것 같았다.

짧은 쇼핑몰 골목을 지나니 36번지가 나왔다. 에바의 집
이다.

에바의 집?

나는 담배에 불을 붙이고 한참 동안 건물을 올려다보았

다. 회갈색으로 칠해진 17층 아파트의 벽에는 군데군데 누수의 흔적이 있었고, 커튼 없는 썰렁한 창문들과 비좁은 발코니들이 죽 늘어서 있었다.

나는 한숨을 쉬며 담배 연기를 깊이 들이마셨다. 불현듯 모든 게 무의미하게 느껴졌다. 거기에 부조리가 더해지면서 나를 짓눌러왔다. 순간 구름 뒤에서 해가 나왔다. 나는 강한 햇살에 눈이 부셔 살짝 비틀거렸다. 눈을 꼭 감고 정신을 가다듬었다. 베토벤의 바이올린 협주곡과 기침소리, 그리고 나를 여기 A시 교외의 한 임대아파트 앞에 서 있게 한 일련의 상황들이 떠올랐다. 그리고 동시에 내가 계속 앞으로 나아가려면 바로 이런 생각을 멀리 해야 한다는 깨달음이 왔다.

나는 담뱃불을 밟아 끄고 건물 입구에 있는 초인종 판 앞으로 갔다. 그리고 거기 쓰여 있는 이름 72개를 모두 수첩에 옮겨 적었다. 그걸 다 쓰는 데는 물론 시간이 좀 걸렸다. 앙증맞은 아이들을 줄줄이 매달고 들어가던 이민자 여성 둘이 의심스러운 눈초리로 나를 쳐다보았다.

나는 다시 광장으로 나와 전에 간 적이 있는 카페로 걸음을 옮겼다. 그리고 계산대에 서 있는 아가씨에게 에바의 사진을 보여 주었다. 그녀는 친절하게 내 얘기를 듣더니 한참 동안 찬찬히 사진을 들여다보았다. 하지만 결국은 모르겠다며 고개를 저었다.

나는 고맙다고 말하고 커피를 한 잔 샀다. 그리고 그 후 몇 시간에 걸쳐 20명쯤 되는 사람들에게 에바의 사진을 보여 주었다. 광장에도 서 있어 보고 에바의 집 앞에도 가봤지만 결과는 마찬가지였다. 사실 그럴 걸 미리 각오했어야 했는지도 모른다.

나는 바싱엔에서 더도 덜도 아닌 딱 열흘간만 작업을 할 생각이었다. 첫날부터 모든 가능성을 없애버리고 싶지 않았던 나는 그걸로 만족하고 4시 28분 기차를 타고 A로 돌아갔다. 중앙역에 도착한 나는 〈플래너스〉에 앉아 느긋하게 헤르문드 레인 살인사건에 대해 읽어볼 요량으로 일간신문 세 개를 샀다.

*

그 뉴스는 폭탄임에 틀림없었다. 언론은 그 사건을 어떻게 받아들여야 할지 몰라 어정쩡한 태도를 취했다. 경찰이 짤막하게 공식 발표를 했지만 거기에도 별 내용은 없는 듯했다. 언론이 알고 있는 것은 마리암 카다르와 오토 헤를라흐가 레인을 살해한 혐의로 체포됐다는 것뿐이었다. 그게 다였다.

그 밖에는 모두 추측이었다.

사랑이야기, 누군가는 삼각관계 드라마라고도 했다. 그리고 11월 운명의 그날 벚꽃동산에서는 대체 무슨 일이 일어났는가. 그리고 유서.

경찰은 과연 어디서 사건의 단서를 찾았을까?

마지막 문제에서는 추측의 범위가 가장 넓었다. 경찰은 단서의 출처에 대해 어떤 암시도 하지 않았고, 내가 훑어본 신문들에서 내놓은 이론은 사실과 전혀 달랐다.

대부분은 M과 G가 내연관계이고, 그게 이 사건의 핵심 포인트라고 생각하고 있었다. 그런데 이상했다. 두 사람의 사진이 박히지 않은 곳이 없었지만 아무리 뒤져 봐도 두 사람이 함께 찍힌 사진은 없었다. 정말 이상한 일이었다. 그들이 자신들의 관계를 숨기기 위해 얼마나 조심했는지 알 수 있는 대목이기도 했다. 기사를 쓴 사람 중 그런 소문이 있다고 암시적으로나마 언급한 사람은 아무도 없었다.

레인이 죽기 전에도, 죽은 후에도 마찬가지였다.

아까도 말했지만 그 사건은 폭탄 그 자체였다. 도화선이 타들어가는 동안 아무도 그 냄새를 맡지 못한 폭탄이었다.

나는 커피를 마시며 여러 군데에 실린 오토 헤를라흐의 사진을 찬찬히 살펴보았다. 솔직히 말하면 내가 기억하고 있던 것보다는 나은 외모였다. 마리암 카다르와 마찬가지로 그도 레인보다 훨씬 나이가 어렸다. 그럼에도 불구하고 그녀 같은 여자가 왜 그런 남자를 필요로 했는지는 이해가 되지 않았다. 뭐 그렇게 말한다면 레인이 어디에 쓸모가 있었을까 싶지만 말이다.

나는 그녀의 가녀린 어깨와 얇은 콧망울을 떠올렸다. 그녀의 얼굴이 눈에 선했다. 다른 상황이었더라면 나는 분명 그녀를 사랑하게 됐을 것이다. 재차 말하지만 다른 상황이었다면.

나는 〈플래너스〉에서 나와 집으로 가는 길에 팔크 가에 있는 우체국에 들러 A의 전화번호부 두 권을 모두 샀다. 그리고 저녁 내내 전화번호부를 뒤지며 바싱엔에서 적어온 72명의 이름을 찾았다. 그 결과 59명 이상의 이름을 찾아냈다. 내 예상보다 훨씬 많았고 나는 그것을 좋은 징조로 받아들였다. 당분간이라도 열중할 수 있는 일이 생겼기 때문이었다.

당시 나는 의지처를 찾기 힘든 처지였다. 의지가 될 만한 일이면 붙잡아야 했다. 게다가 하필 그날 저녁 베아트리스가 없어졌다. 잠자리에 들기 전 들여놓으려고 뒷마당 쪽으로 난 발코니에 나가 봤더니 흔적도 없이 사라지고 없었다.

그 후 며칠간 나는 베아트리스가 어떻게 거길 빠져나갔는지, 어떤 이유로 그런 짓을 했는지 곰곰이 생각해 봤다. 그러나 딱 일주일 후 베아트리스는 원래 있던 그 자리에 앉아 비둘기를 쳐다보고 있었다. 나는 베아트리스를 보고 나나 다른 인간은 발 들여놓지 못하는 현실의 매듭에 머물다 왔구나 하고 깨달았다. 어쩌면 베아트리스가 조금 부러웠던 것도 같다.

어쨌든 내게는 베아트리스에 대한 경외심 같은 것이 있었다.

남동쪽 산꼭대기에 있다는 가족예배당에 대해 얘기해 준 사람은 갈리스 카잔차키스 씨였다. 그렇게 흰색으로 회칠한 자그마한 예배당들이 이 섬 전체에 흩어져 있는데, 그 성물의 수가 360개에 이른다고 했다. 가문에 대한 자긍심이 있는 집안들은 다들 하나씩 그런 예배당을 지었는데, 되도록 하늘 가까이에 지으려고 했기 때문에 찾아가기가 쉽지 않았다.

　나는 예정대로 동트기 전에 출발했다. 산을 오르다 보니 점점 더워졌다. 한 시간 하고도 15분 후 목적지에 도착한 나는 먼저 작은 초에 불을 붙여 제단에 올리고, 서쪽 면에 길게 드리운 좁은 그늘 속에 들어가 앉았다. 거기 앉으니 섬 전체가 한눈에 내려다보였다. 동쪽과 북쪽에는 깎아지른 듯한 절벽이 포진해 있고, 서쪽과 남쪽에는 접근이 용이한 해변이 펼쳐져 있었다. 그리고 보호 구역으로 정해진 작은 모래 해변들이 도시 뒤에 숨겨져 있었다. 나도 아직 가 보지 못한 곳들이었다. 외따로 떨어져 있는 집들도 드문드문 눈에 들어왔다. 해변 동쪽 끝 프락소스 호텔 뒤에서 도로가 끊기기 때문에 거기 가려면 보트를 타고 가야 하리라. 나는 그 집들이 누구 소유인지 알아봐야겠다고 생각했다. 그런 집들이 섬 여기저기에 흩어져 있었는데, 그 집들 중 어딘가에 내가 찾는 것이 있을지도 몰랐다.

나는 시간에 대해서도 생각했다. 시간이라는 개념에 대해.

A에서 사건이 있은 후 3년나 지났다. 하지만 이른 아침 대자연의 풍광을 마주하니 그 세월의 부피가 쪼그라들어 무로 화하는 것만 같았다. 멀리 있던 것들, 지나가버린 시간들이 점점 불어나 현재로 확 다가드는 느낌이었다. 회벽에 기대고 앉은 현재의 나에게로, 비상식량이 든 배낭과 땀에 젖은 몸뚱이로만 이루어진 바스러질 듯한 나의 현재로. 반면 변하지 않는 것도 있다. 하늘, 산, 이미 수평선 위로 떠오르기 시작한 태양 빛에 가려진 바다는 영원하다.

시간과 장소 속 어느 한 점. 도시 아래 올리브 언덕에서 울려 퍼지는 당나귀의 울음소리처럼 우연적이고 한시적인 것이다. 누군가 말한 "모든 시간 흐름의 평행적 존재"처럼 말이다. 그런 느낌은 내게 낯선 것이 아니었다. 아니, 어쩌면 다른 종류의 것이었는지도 모르겠다. 물론 거기서도 나는 언어 표현에 문제를 느꼈다. 그리고 다시 당나귀 울음소리가 울려 퍼질 때쯤에는 뭔가 먹고 마셔야겠다는 생각밖에 안 들었다. 땀을 많이 흘렸고, 너무 지친 상태였다.

나는 내려갈 때를 대비해 물 한 병을 챙겨 놓고 담배에 불을 붙였다. 그리고 어젯밤 흔들리는 남포등 불빛 아래서 쓴 글을 꺼내 읽었다.

시간은 더욱 쪼그라들기 시작했다.

*

일일이 전화해 체크할 때 나는 수화기 너머에서 에바의 목소리가 들릴 수도 있다는 기대에 잔뜩 부풀어 있었다. 그 헛된 희망이 나를 앞으로 나아가게 한 원동력이었다. 나는 그 주에 전화번호 59개 중 57개를 확인했다. 전화를 받은 사람은 여자가 39명, 남자가 18명. 적어도 남자보다 여자가 전화 통화를 많이 한다는 건 확인된 셈이었다.

내 전략은 단순했다. 전화를 걸어서 옛날 친구라면서 에바 좀 바꿔달라고 하는 것이다. 그리고 상대방이 어떻게 대답하는지, 망설이는지 여부를 가지고 수상한 점이 있는지 판단하는 것이다.

나는 약간의 체계를 위해 평가 기준도 마련했다. 전혀 아니다 싶으면 이름 밑에 마이너스 기호로 표시하고, 가능성이 있다 싶으면 플러스 기호, 전화 받은 사람이 좀 당황한 것 같거나 대답이 의심쩍으면 플러스 기호 두 개로 표시했다.

전화를 받은 여자들 중 두 사람은 실제로 이름이 에바였다. 그래서 확인이 될 때까지 좀 횡설수설하는 대화가 오갈 수밖에 없었다. 어떤 아버지가 한참 망설이다가 십대 딸 에바를 불러온 경우도 있었다.

전화 체킹을 끝내고 메모한 것을 보니 마이너스가 42개, 플러스가 13개, 더블 플러스가 2개였다. 물론 오차가 엄청날 거라는 걸 알았지만 나는 2개의 더블 플러스, 라우디즈 레이진과 마리아 쇼모프스카, 그리고 아직 접촉하지 못한 아파트 주민 열세 명에게 더 노력을 기울여 보기로 했다.

이 방법, 이 체계에 대한 믿음은 림리가 존재와 인식에 대한 그의 책에서 썼듯이 전체론적 사회에서는 살아가는 데 필수 요건이다. 그리고 나는 똑똑하게도 그 가르침을 따랐던 것이다.

나는 수첩을 펼쳐 새 종이에 15명의 이름을 적었다. 그리고 마리암 카다르와 오토 헤를라흐가 체포된 다음 주 월요일, 기대에 부푼 가슴을 안고 다시금 바싱엔 행 기차에 올랐다. 그날은 내가 바싱엔의 단서를 다시 캐기 시작한 지 7일째 되는 날이었다. 열흘간만 해 보기로 했으니 이미 절반은 해 낸 셈이었다.

이번에는 주중에 하루 종일 그곳에 있어 볼 작정이었다. 만약 아무 성과가 없다고 해도 해 볼 만큼 해 봤으니 그걸로 위안을 삼을 수 있다. 주말쯤에는 홀가분한 마음으로 새로운 방법을 모색해 보리라는 심산이었다.

내 계획은 집집마다 다니며 문을 두드리는 것이었다. 대낮이었지만 열다섯 집 중 열 집에는 사람이 있었다. 실업자 비율이 높을 것이라는 내 추측이 딱 맞아떨어진 것이다.

문이 열리면 나는 에바가 있는지 물었다. 그러다 에바의 사진을 보여 주며 사립 탐정인데 사진 속의 여자를 찾고 있다고 말했다. 물론 그 여자를 위해 꼭 찾아야 한다고 했다. 사람들은 하나같이 고개를 저었고, 바로 코앞에서 문을 닫아버리는 사람도 있었다.

나는 빠른 속도로 복도를 훑어나갔다. 6, 7주 전 사립 탐정 매르텐스의 직원이라는 사람들이 똑같이 노골적인 방식으로 탐문하고 다녔을 걸 생각하면 걱정이 되기도 했지만 사람들의 반응으로 미루어 보아 그런 것 같지는 않았다. 매르텐스에 대한 내 신뢰도는 그날 바닥을 쳤다.

나는 보상금을 줄 수도 있다는 식의 말을 넌지시 건네기도 했는데, 그 미끼를 문 사람은 카우니스라는 이름의 역한 냄새를 풍기는 노인 한 명뿐이었다. 알고 보니 그도 한잔할 푼돈을 얻으려고 한번 해 본 말인 것 같았다. 그의 집은 집주인처럼 상당히 망가진 상태였다. 나는 그에게 5굴덴을 주고 무거운 마음으로 그 집을 나왔다.

다 끝나고 보니 전과 달라진 게 하나도 없었다. 다시 처음으로 돌아온 것 같았다. 에바의 사진에 반응을 보인 사람은 아무도 없었다. 그녀가 누군지 아는 사람도 없었고, 복도나 아파트 주변에서 봤다는 사람도 없었다.

그날 라우에른 저수지의 짙은 녹색 표면이 내 뇌리를 스치고 지나갔다. 아주 오랜만이었다. 그래서 그런지 그 인상은 더욱 강렬했다.

나는 한 카페로 들어가 맥주 두 잔을 마셨다. 수첩에 적었던 이름도 다 지웠다. 용기는 빠르게 나를 떠나갔다.

서쪽에서 비구름이 몰려왔다. 설상가상이었다. 담배를 피우며 수첩을 뒤적이다 보니 한없이 의기소침해지는 게 느껴졌다. 나약함이 내 몸속 깊이 쑤시고 들어오는 것만 같았다. 혼자 있고 싶다는 생각, 타인의 시선과 말로부터 숨고 싶은 욕구가 모락모락 피어올랐다. 앞으로 계획해 놓은 것들을 생각할 때 아주 좋지 않은 컨디션이었다.

순간 이제는 더 이상 사람들을 마주 대할 수 없는 상태에 이르렀다는 생각이 들었다. 이론적으로만 봐도 아파트 주민들 대다수가 내 얼굴을 본 적이 있을 터였다. 주로 전화 통화였지만 주민 대부분과 대화를 나눈 상태였기에 그들이 이상하게 생각한다고 해도 전혀 이상할 게 없었다. 만약 에바가 정말 그 아파트에 살고 있다면 지금쯤 나에 대한 이야기가 그녀의 귀에 들어갔을 테고, 그렇다면 그녀에게 다가갈 기회는 더욱 줄어들 것이었다. 내가 열심히 찾으면 찾을수록 점점 더.

이제는 전면에 나서지 않고 몸을 사리는 전략으로 선회

해야 할 때였다.

나는 아파트 입구 근처에 눈에 띄지 않게 숨어서 드나드는 사람들을 관찰하는 것이 최상이라는 결론을 내리고 그렇게 하기로 결심했다. 그리고 곧 그 해결책도 생각해 냈다.

차가 필요했다. 아파트 입구가 잘 보이면서도 눈에 띄지 않으려면 주차된 자동차만한 것도 없다. 비 오는 날 하루 8시간씩 벤치에 앉아 책이나 신문을 읽는 척하는 건 말하나 마나 불가능한 일이다.

나는 남은 맥주를 다 마시고 계산대로 가서 며칠 동안 싸게 자동차를 빌릴 수 있는 곳이 있는지 물었다. 몇 번 나를 본 적이 있는 여직원은 내가 불쌍해 보였는지 친절하게 응대했다. 앞치마 주머니에서 메모지를 꺼내 쇼핑센터에서 걸어서 5분 거리에 있는 주유소 주소를 적어 주었다. 크리스타한테 소개받았다고 하면 100굴덴 정도는 싸게 해 줄 거라고 귀띔까지 해 주었다.

나는 고맙다고 하고 바로 출발했다. 그리고 30분 후 굴러갈 수 있으려나 싶게 녹이 많이 슨 푸조를 빌리기 위해 나흘치 요금을 선납했다. 렌트 비용은 싼 편이었지만 그 차 자체의 값어치가 그 정도 되지 않을까 싶을 정도로 낡은 차였다. 어쨌거나 굴러가기는 했다.

나는 그날 오후 4시 페르디난드 볼 가 집 앞에 차를 세워 놓고 다음 날부터 시외에 있는 바싱엔으로 출근했다. 그리 고 쓸쓸한 중심가의 아파트 36D동 앞에서 잠복 근무를 시 작했다.

*

아무 성과도 없이 사흘이 지날 즈음, 이윽고 작은 사건 이 생겼다.

나는 신문으로 대충 얼굴을 가리고 종일 차 안에 앉아 있 었다. 지지직거리는 카라디오, 담배, 작은 병에 든 위스키 가 유일한 벗이었다. 위치는 최적이었다. 동 입구에서 15 내지 20미터 떨어진 곳에 주차 공간을 확보하는 것은 문제 가 되지 않았고, 거기 앉아 있으면 누가 드나드는지 완벽하 게 확인할 수 있었다. 나는 곧 관찰 메모도 하기 시작했다. 내 안의 의심을 없애고 게임을 즐기기 위한 방편이었다. 그 리고 전혀 생각하지 못했던 세부 사항에 눈을 떴다.

시작은 '남6'이라는 기호로 내 메모에 등장하는 사람이었다. 남6은 말 그대로 여섯 번째 남자라는 뜻이다. '60세, 못생김, 펠트 모자, 공처가 타입'이라고 인상착의도 적어 놨다. 그를 구분하는 데 더 이상의 표현은 필요하지 않았다.

사건의 개요는 이렇다.

목요일 오후였는데 그 남자가 약 한 시간 간격을 두고 내 앞을 두 번 지나쳐 갔다. 그런데 나는 그가 들어가는 것을 본 적이 없었다. 허여멀건 한 얼굴의 노인이 밧줄을 타고 건물 뒤편 발코니로 올라갔을 리도 없고. 나는 그 수수께끼가 풀릴 때까지 잠시 혼란스러운 시간을 보냈다.

마치 일어날 수 없는 일이 일어난 것 같았지만 잘 생각해 보니 지하 주차장이 있을 것 같았다. 나는 출입구를 찾기 위해 건물을 빙 돌았다. 좀 시간이 걸렸지만 찾고 보니 상당히 뿌듯했다. 그래서 다음 날부터는 잠복 장소를 바꾸기로 했다. 물론 지루함을 달래기 위한 목적도 있었다.

*

내가 이 일을 계속할 수 있었던 건 그때 36동 앞에 있다가 주차 위치를 바꿨기 때문이다.

그리고 그 결정과 실행은 바로 사라진 내 아내를 찾는 일에 돌파구가 되었다. 내가 A에 온 이후 3개월 넘게 기다려 온 순간이었다. 물론 지나간 일을 단정하기에는 어려움이 있으나 그 주에도 아무런 성과가 나오지 않았다면 아마나는 계속 해야 할지, 분명 한계를 느꼈을 것이다.

오후 5시가 막 지났을 때였다. 이윽고 끈질기게 내리던 가랑비가 그쳤다. 나는 운전석 창문을 내리고 새 담배를 피우고 있었다. 그때 주차장 문이 열리더니 남색 마츠다 한 대가 좁은 진입로로 올라왔다. 차가 딱 내 눈높이까지 왔을 때 운전자는 출구 전방을 살피기 위해 내 쪽을 쳐다봤다. 다른 운전자들이 했던 것과 똑같은 행동이었다. 운전자는 나와 눈이 마주치지 않았지만 나는 운전자의 얼굴을 거의 정면으로 볼 수 있었다. 내 미행자였다.

처음에는 그가 누군지 바로 떠오르지 않았다. 하지만 곧기억이 났다. 데이크 가 지구를 가로질러 나를 몰래 따라오던 남자, 도서관에서 내 뒤에 앉았던 남자, 레굴리르 수로를 내려다보고 있던 남자.

나는 얼른 시동을 걸고 차를 돌려 남색 마츠다가 사라진 방향으로 출발했다.

내 관자놀이에서는 맥박이 거칠게 뛰었다.

영화에서 아무리 멋진 자동차 추격 장면이 나와도 별 감흥이 없던 나는 그 우중충한 오후 바싱엔에서 허구를 뛰어넘는 현실의 서스펜스를 경험했다.

그리고 나는 1분도 채 안 돼 마츠다를 놓쳤다. 내가 거대한 화물 트럭과 위풍당당한 벤츠 사이에 끼인 채 신호를 기다리는 동안 A 방향 고속도로로 사라져 버린 것이다. 나는 욕을 하고 담배를 뻑뻑 피우며 운전대를 두드려 댔지만 어쩔 수 없었다. 이윽고 신호가 바뀌었다. 나는 서둘러 출발했다. 하지만 그날따라 내 푸조 자동차는 컨디션이 좋지 않았다. 나는 곧 소용없음을 깨닫고 추격을 포기했다. 하지만 어차피 A로 가는 길이기 때문에 그대로 고속도로를 타고 달려 한 시간 후 〈블리싱엔〉에 도착했다.

추격에는 실패했지만 마음속에는 설렘과 환희의 감정이 약하게나마 남아 있었다.

*

밤에, 아마 자정이 다 됐을 것이다. 집에 들어가려는데

계단참에 놓인 우편물이 눈에 띄었다. 전에는 못 보고 지나친 것 같았다. 집에 들어가자마자 편지를 뜯어봤다. 법원에서 온 것이었다. 다음 날 법정에 나와 몇 가지 질문에 답변하고 증인 선정을 수령하라는 내용이었다. 보아하니 그 전날 마리암 카다르와 오토 헤를라흐가 기소된 것 같았다. 편지에는 재판이 한 달 후 시작될 예정이라고 쓰여 있었다.

나는 이미 위스키를 마실 만큼 마신 터라 귓가에서 윙윙거리는 소리가 들렸지만 작은 병 하나를 더 땄다. 그리고 어두운 창가에 서서 길거리를 내려다보았다. 큰 소리를 내며 지나가는 전철. 언제나처럼 말없이 서 있는 건물들. 다시 한 번 그날이 떠올랐고 어렴풋이 응축된 시간에 대한 생각이 들었다.

엿가락처럼 늘어난 시간이 우리 곁을 스쳐 지나가지만 보통 우리는 아무것도 눈치 채지 못한다. 그렇게 특별한 사건도 의미도 없는 삶을 살다가 갑자기 응축된 상황의 소용돌이 속으로 내던져질 때, 그건 그야말로 의미의 창살. 그리고 사건은 사건의 꼬리를 문다. 마치 자석처럼 사건이 사건을 끌어당기는 것이다.

어쨌든 그날 나는 어렴풋이 깨달았다. 이 움푹 팬 공간, 켜켜이 쌓인 응축된 시간 속에 막막한 우주 공간을 떠도는 유성과 천체의 움직임이 곧장 비쳐지리라는 것을. 그리고 그 암울한 조화가. 그 어렴풋한 생각 또한.

발코니에서 베아트리스의 우는 소리가 들린 건 그 밤이 지나고 다음 날 아침이었다.

케르는 새 양복을 입고 있었다. 특별하지는 않지만 나무 랄 데 없었다. 현재 출판사에 부는 호황의 바람을 읽을 수 있는 대목이기도 했다. 그는 아침 비행기로 와서 서너 시 간 할 얘기만 하고 돌아갈 거라고 전날 저녁 전화로 말했 었다.

우리는 이 도시의 최고급 식당 중 하나인 〈텐 보쉬〉에 마주 앉았다. 케르는 아무렇지도 않게 최고급 와인 디켐과 라피트를 주문했다. 나는 캐비어와 오리가슴살 요리를 맛 있게 먹으려고 노력했지만 아직 1시도 안 된 시간이라 영 입맛이 없었다.

할 이야기란 물론 책에 관한 것이었다. 이미 최고 속도 로 조판을 마치고 인쇄를 앞둔 상태이며, 그가 퇴고를 한다 고 했다. 그의 말에 의하면 다른 사람이 이미 교정을 본 상태이므로 내가 다시 볼 필요는 없을 거라고 했다. 전체적으로 모든 게 준비됐는데 딱 하나 빠진 게 있었다.

바로 제목이었다.

처음부터 레인의 원고에 제목이 없다는 것을 알았지만 그 뒤로 특별히 관심을 두지는 않았다. 레인은 제목에 있어서 변덕이 심한 편이어서 맘에 들지 않으면 두세 번씩 바꾸기도 했기 때문이다.

그런데 이번에는 상황이 달라져 출판사에서 알아서 제목을 정해야 했다. 그들은 원고를 가장 잘 아는 사람인 내 제안을 들어보자고 했다. 케르는 그 정도는 당연히 해 줘야 하는 거 아니냐며 너스레를 떨었다.

나는 디켐 한 모금을 혀 위에서 굴리며 그를 쳐다보았다.

"레인."

내가 말했다.

케르는 그래그래, 하는 표정으로 고개를 끄덕였다.

"제목을 레인으로 하라고요."

내가 설명했다.

"그냥 레인이요?"

"네."

그는 잠시 생각했다.

"음, 그거 괜찮네요."

그가 말했다.

"저작권은 어떻게 되는 거죠?"

내가 물었다.

"인세나 뭐 그런 거."

"그게 문제예요."

그가 말했다.

"하지만 우리에겐 레인의 편지가 있으니까요. 우리 변호사들에게 알아보라고 했는데, 책이 나온 다음에 레인의 미망인과 연락을 해 봐야 할 겁니다. 아마 원본 원고에 대한 권리는 우리가 가질 수 있을 거예요. 재판 언제 시작하는지 알아요?"

"5월 첫째 주요."

"증인으로 나가는 거죠?"

내가 고개를 끄덕였다.

그는 도톰한 린넨 냅킨으로 입가를 닦고는 잠시 망설였다.

"어떻게 생각해요?"

"뭘요?"

"그 두 사람의 짓일까요? 물론 그들 짓이겠죠. 그런데 그 사람들 반응이 어땠나요?"

"두 사람 모두 만나 보지 못했는데요."

"그래요, 당연히 그랬겠죠……. 내 말은 순순히 자백할까요, 아니면 버틸까요?"

나는 어깨를 으쓱했다.

"그건 나도 모르죠."

"뭐… 들은 거 없어요?"

"없어요."

"마리암 카다르, 정말 괜찮죠?"

나는 아무 대답도 하지 않았다.

"나도 몇 번 못 만나 봤는데… 워커 씨 집에서 한 번, 그리고 작년에 니스에서 한 번 봤는데 딱 보는 순간 죽여준다 싶더라고요."

케르의 표현력은 딱 그 수준이다.

"뭐 그렇게 말할 수도 있겠죠."

내가 말했다.

그는 다시 뜸을 들였다.

"무슨 뜻인지 알겠어요? 책 말이에요. 내 생각엔 너무 수수께끼 같던데……. 뭐 수수께끼 같아서 더 좋을 수도 있겠지만."

"이해하기 쉽다고 해서 꼭 좋은 건 아니니까요."

"그럼요, 그럼요. 내가 물어보고 싶은 건 뭐냐면, 책 속에 그… 단순한 메시지 말고 다른 메시지가 더 숨어 있지 않을까 하는 겁니다. 왜 책 속에 하나쯤 숨겨 놨을 수도 있잖아요. 보르헤스나 르클레르크처럼. 무슨 암호 같은 거……. 그런 생각 안 해 봤어요?"

나는 고개를 저었다.

"내 생각은 다릅니다."

내가 말했다.

"그런 복잡한 걸 생각해 낼 시간은 없었을 거예요. 다 쓰는 데 몇 개월 안 걸렸으니까요. 그리고 레인이 쏘아올린 로켓이 잘 다듬어진 작품이라고 할 수는 없지 않아요?"

케르는 고개를 끄덕였다.

"그렇죠. 어쨌든 내일 출간 발표할 겁니다. 대표님이 기자 간담회를 잡아 놨는데……. 어떤 식으로 하고 싶으신가요?"

"내가요?"

"주인공이니까 당연한 거 아니에요? 거미줄 한가운데 앉아 있는 거미인 셈이죠. 책 번역하고 그 사람들 잡아넣은 장본인이잖아요. 기자들에겐 작가님이 초미의 관심사예요. 우린 당연히 생각하고 계신 줄 알았는데……."

물론 나도 그 생각을 안 한 건 아니었다. 아마 페르디난드 볼 가에서 익명으로 살면서 너무 안심했던 것이리라. 그리고 그 즈음에는 바싱엔의 단서를 좇아 에바를 찾는 일에만 집중하느라 다른 생각은 할 틈이 없었다. 당시의 내 삶은 주류의 한가운데가 아니라 현실의 구석자리에서 이루어지고 있었다. 말하자면 그렇다는 거다.

나는 말없이 생각에 잠겼다.

"짧은 인터뷰 하나 정도 하는 건 괜찮지 않아요?"

케르가 와인을 더 따라주며 말했다.

"물론 엄선된 신문사만 불러서 격조 있는 분위기로 갈 거고요. 그리고 우리가 사람 몇 명 보낼 건데… 리드메르하고 사진기자 한 명이요. 그러면 우리가 원하는 방향으로 끌고 갈 수 있을 겁니다. 대표님 말씀처럼 칼자루는 우리가 쥐고 있어야죠."

나는 케르의 말에 놀라지 않을 수 없었다. 그런 말을 잘도 읊어 대는 것도 놀랍지만 아문센과 그의 흔들림 없는 현실주의적 경제 관념에 경의를 표하지 않을 수 없었다. 현 상황, 그리고 재판이 시작되려는 시점에서 내가 그런 상업적 인터뷰에 응한다는 것은, 말하자면 내가 나를 직접 A에서 쫓아내는 결과밖에 되지 않을 것이었다. 레인 사건에 대한 의문은 이미 팽배해 있었고, 시간이 지날수록 점점 더 부풀어 오를 것이었다. 그리고 법정에서 논리 싸움으로 엎치락뒤치락할 것을 생각하면 당분간 새로운 사실이 나오길 기대하는 건 힘들었다. 나는 거절해도 될 것 같다고 판단했다.

"아니요, 고맙지만 사양하겠습니다."

내가 말했다.

"그냥 이대로 외부에 노출되지 않는 게 좋겠어요."

케르는 잠시 아무 말 없이 나를 쳐다보기만 했다. 막다른 골목에 다다랐음을 느끼는 것 같았다.

"그럼 왜 여기 계속 있는 겁니까?"

그가 물었다.

"내 나름의 이유가 있습니다."

"뭐, 좋습니다. 그래요, 하고 싶은 대로 하세요. 작가님이 여기 있다는 걸 아는 사람이 누가 있죠?"

"아무도 없어요."

내가 대답했다.

"나 독불장군이잖아요. 몰랐어요?"

"정말 아무도 없어요?"

나는 잠시 생각했다.

"경찰과 검찰이 있네요."

내가 정정했다.

"그리고 야니스 휘르너."

"휘르너요?"

"네."

"입단속 되는 사람이에요?"

"부탁하면 될 거예요."

그는 고개를 끄덕였다.

"좋아요. 그럼 그렇게 하는 걸로 하죠. 하지만 재판 시작
되면 사람들이 엄청 쫓아다닐 거예요. 알고 있죠?"

물론 잘 알고 있었다. 하지만 그때까지는 아직 3주가 남
아 있었고, 나는 가능한 한 외부에 노출되지 않게 지낼 생
각이었다.

우리는 헤어지기 전 몇몇 카페를 더 거쳤다. 렘브란트 광장에서 내가 케르를 택시에 태워 보낼 때 그는 거나하게 취한 상태였고, 아주 기분이 좋았다. 그는 내 노고를 생각해 특별 보너스를 보내 주겠다고 했다. 나는 그로써 우리 사이에 신사협정이 맺어진 것으로 받아들였다.

내가 내 물주들을 위해 인터뷰나 하고 내 이야기를 팔아먹지 않으려면 적어도 다른 멍청이를 끌어들이는 짓은 하지 말아야 했다.

돈 받고 일하니 그 정도는 당연하다? 당연하지 않았다.

*

나의 두 번째 자동차 추격은 처음보다 훨씬 나았다.

나는 월요일 아침 6시경부터 36D동 뒤에 가서 주차장 입구를 지켰다. 이번에는 상당히 빠른 신제품 소형 르노를 빌렸다. 45분쯤 기다리자 그가 주차장 진입로에 올라왔다.

이번에는 나도 안경을 끼고 알베르트 퀴프스 가 잡화점에서 산 암갈색 가짜 수염으로 위장을 했다. 그리고 마츠다 뒤에 바로 따라붙었다. 그는 지난번처럼 쇼핑센터를 빙 돌아나가더니 A 방향 고속도로를 타기 위해 오른쪽 차선으로 들어갔다. 큰 교차로에서 신호를 기다릴 때 나는 마츠다의 차번호를 메모했다. 그것만으로 차주의 이름을 알아내는 게 가능한지 어떤지는 모르지만 중요한 건 희망이 있다는 것이었다.

A 방향 고속도로를 달리는 차량들의 속도는 무척 빨랐다. 하지만 따라가는 데 문제는 없었다. 아직 교통량이 많지 않아서 100미터 간격을 두고 달려도 놓칠 염려가 없었다. 그는 4번 출구에서 환상도로를 타고 시내 쪽으로 꺾었다. 먼저 알렉산더 로를 따라 달리다가 프린젠 운하를 거쳐 볼레림스 공원까지 가서 오른쪽으로 꺾어 크로이체르가로 들어섰다. 그리고 팔리제르 가라는 이름의 좁은 골목에 주차했다. 나는 30미터 정도 떨어진 위치에서 그를 관찰했다. 그는 차에서 내려 차문을 잠그고 길을 건너 맞은편에 있는 큰 빌딩으로 들어갔다.

나는 잠시 기다리다가 바로 모퉁이에 차를 세워놓고 걸어서 다시 그 건물 앞으로 갔다. 문이 열려 있었다. 안으로 들어가 보니 바로 왼쪽 벽에 건물 안내 표지판이 붙어 있었다. 1층과 2층에는 보험회사가 입주해 있었고, 3층에는 정체를 알 수 없는 회사 이름이 쓰여 있는데, 아마도 무역 회사인 것 같았다. 4층과 꼭대기 층은 '헤르메스'라는 잡지사인데, 들어본 적은 있지만 어떤 종류의 잡지인지는 기억나지 않았다. 나는 회사 이름을 메모하고 잠시 생각에 잠겼다. 그새 내 옆으로 서너 명이 지나쳐 갔다.

나는 밖으로 나왔다. 차를 세워둔 모퉁이에 카페가 하나 있었다. 카페 안으로 들어가서 커피 한 잔을 사가지고 창가에 앉았다. 시계를 보니 8시 15분. 거기서는 남색 마츠다도 회사 건물도 보이지 않았다. 하지만 괜찮을 거라는 결론을 내렸다. 괜찮은 정도가 아니라 전혀 상관없다. 나는 그가 어디에 있는지 이미 알고 있다. 그는 바싱엔에 있는 아파트 36D동에 살고, 팔리제르 가에 있는 회사에 다닌다. 물론 그건 아직 확실하지 않지만 확실하다고 봐도 무방하다. 아니, 거의 확신한다. 그래도 의심된다면 낮에 몇 번 와서 그의 차가 있는지 확인하면 되고, 만약 이곳에 차를 세운 게 이례적인 일이라면 바싱엔의 지하 주차장에 가 보면 될 일이다. 간단했다.

내 미행자는 이제 내 손아귀를 벗어날 수 없었다. 게다가 그의 이름도 어렵지 않게 알아낼 수 있을 것 같았다. 어쩌면 내가 만든 아파트 주민 명단 속에 그의 이름도 있을 테니 말이다. 집집마다 문을 두드리고 다닐 때 그와 마주 치지는 않았지만 이미 전화로 그와 이야기를 나눠 보았는 지도 모를 일이었다.

나는 커피를 마시며 탁자 위에 놓인 아침신문을 읽는 척 했다. 그러나 머릿속으로는 내 미행자에게 그리 흥미로울 점이 없다는 생각을 하고 있었다. 밝혀져야 할 것은 그가 아니라 그에게서 에바로 연결되는 끈이다. 그 부분에 대해 서는 이미 충분히 생각한 뒤였다.

주말에 나는 별의별 생각을 다해 봤다. 그 결과 매르텐 스의 말이 사실이라는 결론에 이르렀다. 매르텐스가 말한 대로 그 다리를 전다는 직원은 아파트 36동에서 에바를 보 았을 것이다. 하지만 에바가 그곳에 간 이유는 그곳에 살 아서가 아니라 내 미행자를 만나기 위해서였고, 그가 2월 말에서 3월 초 사이에 나를 미행한 것도 에바 때문이었을 것이다. 레인이나 마리암 카다르와는 상관없는 일이었던 것이다. 내가 뭘 하는지 지켜봐달라고 에바가 그에게 부탁 했을 텐데 그 이유는 단 하나, 에바가 나를 발견했기 때문 이리라.

아마도 순전히 우연이었을 것이다.

A의 어딘가에서. 카페나 길거리, 혹은 내가 물건을 사던 가게에서. 사라진 아내를 찾는 사람은 나였는데, 그런 나를 아내가 발견한 것이다. 말하자면 객체가 주체로, 사냥감이 사냥꾼으로 바뀐 것이었다.

나를 본 그녀는 당연히 생각이 많아졌을 것이다. 내가 왜 A에 와 있는지. 그녀 때문인지 아니면 다른 이유 때문인지 알아내야 했을 것이다. 3년 전 그녀를 죽이려 했던 남편이, 아마 지금도 그녀가 죽었다고 믿고 있을 남편이 왜 그녀의 새 삶터에 나타났단 말인가?

단순화시키자면 그랬다.

그리고 그 의문을 풀기 위해 그녀가 가장 먼저 한 일은 내게 미행을 붙이는 것이었다.

좋은 친구일까? 직장 동료, 아니면 지인 중에 신뢰할 만한 사람?

손님이 드문 아침, 카페에 앉아 나는 머릿속으로 그 연결 고리를 다시 한 번 죽 훑었다. 다시 생각해 봐도 논리적 허점이나 난점은 없었다. 내 미행자와 에바 사이에 관계가 있다는 데에는 어떤 논리적 의심도 없다. 동시에 나는 드디어 돌파구를 찾았음을 깨달았다. 그는 나를 에바에게 데려다줄 장본인이다. 언제가 될지는 모르지만 그는 나를 그녀에게 데려다줄 것이다. 그가 의식하든 못하든. 그리고 그렇게 되면 상황은 돌이킬 수 없다.

물론 이 결론에는 믿음의 비중이 상당히 컸다. 문제는 어떤 카드를 언제 내느냐 하는 것이었고, 내 모든 관심은 거기 집중돼 있었다.

어떤 태도를 보여야 할까? 어떻게 하는 게 가장 올바른 선택일까?

항상 이 빌어먹을 선택, 선택. 빌어먹을 시간, 응축된 시간!

속으로 그렇게 되뇌었던 기억이 난다.

생각해 보니 실수할 확률도 높았다. 어쨌든 당시 나는 절대 내 정체를 드러내 보이지 말아야 한다는 생각이 강했다. 그리고 만약 그를 다그쳐야 할 일이 생긴다면 아주 강하게, 단호하게 밀어붙여야 한다고 생각했다. 그나 그녀의 방식이 아니라 내 방식대로 말이다. 아예 무기 같은 걸 손에 쥐고 시작하는 게 나을지도 몰랐다.

어쨌든 일단은 숨어서 지켜볼 작정이었다. 나는 거기까

지 생각한 다음 카페를 나왔다. 나와 보니 도로 건너편에 주차 공간이 하나 비어 있었다. 나는 그 건물과 비스듬히 맞은편으로 차를 옮겼다. 건물에 들고나는 사람들을 잘 관찰할 수 있는 좋은 위치였다.

나는 그렇게 하루 종일 차에 앉아서 사람들을 관찰했다. 남자 여자 가릴 것 없이 많은 사람들이 건물을 드나들었다. 남녀 비율은 거의 비등했고, 점심식사 시간인 12시에서 2시까지는 특히 오가는 사람이 많았다. 어떤 이들은 내 뒤로 보이는 모퉁이 근처의 식당으로 향했고, 어떤 이들은 먼 곳으로 이동했다. 차로 이동하는 사람도 있었다.

내 미행자는 12시 15분에 남자 한 명, 한참 어려 보이는 여자 한 명과 함께 나와 카페가 있는 모퉁이 쪽으로 사라졌다. 그들은 1시 30분이 조금 지나자 다시 건물로 돌아왔고, 5시 30분 퇴근시간에야 다시 나왔다. 내 미행자는 바로 마츠다에 탔고 바싱엔 방향으로 출발했다. 나는 한참 따라가다가 그가 어디로 가는지 확실해지자 미행을 그만두고 렌터카 회사로 향했다.

하루 종일 팔리제르 가에서 잠복했지만 에바의 모습은 보이지 않았다. 그걸로 미루어 보아 내 미행자와 에바가 직장 동료는 아닌 것 같았다.

그날 오후가 되면서 왠지 의기소침해지는 기분이었다. 그건 지루함 때문만은 아니었다. 나는 그날 처음으로 에바를 만나는 상황에 대한 일말의 회의, 불안을 느꼈다. 4월 중순인 그때까지 한 번도 느껴본 적이 없는 감정이었는데 막상 그런 감정이 들자 갑자기 모든 게 걷잡을 수 없이 힘들게 느껴졌다. 마치 긴 세월 동안 꾹꾹 눌러두었던 오래된 트라우마가 툭 튀어나와 더 이상 숨길 수 없게 돼버린 것만 같았다. 내 안의 병든 애완동물 말이다.

그날 밤 나는 취하도록 술을 마셨다. 그리고 마지막으로 간 바에서 나올 때는 매우 매력적인 흑인여자와 함께였다. 그러나 그녀의 집 앞에 이르자 갑자기 마음이 바뀌어 말도 하지 않고 밖으로 나와 버렸다. 집에 가려고 비에 젖은 보도블록을 걸어가는데 그녀가 창문을 열고 아주 상스러운 말로 욕설을 퍼부었다. 물론 이해할 수 있는 행동이었다.

*

요즘은 아침에 일찍 일어나지 못했다. 무엇보다 새벽까

지 글을 썼기 때문이리라. 만에는 사흘 내리 보름달이 떠올라 물 위에 긴 은빛 그림자를 드리웠다. 실로 숨 막히는 장면이다. 술 취한 환쟁이라는 말이 떠올랐다. 사춘기 아이들이 공책에 그려진 유치찬란한 그림을 따라 그리는 수준.

섬세함이 필요해, 나는 속으로 되뇌었다.

밤이 되면 해변 백사장 여기저기에 모닥불이 켜졌다. 아마도 청소년들이 모여 앉아 송진 와인을 마시며 노래를 부르는 것이리라. 외부의 시선에 별로 신경도 쓰지 않겠지. 그리고 대부분은 알몸일 것이다. 그도 그럴 것이 어젯밤 막 잠자리에 들려 할 때 보니 바로 내 발코니 밑에서 어린 남녀 한 쌍이 성교를 하고 있었다. 여자가 남자 위에 올라타고 있었고, 고요히 비치는 달빛 아래서 조용히 서로에게 열중하고 있었다. 나는 자려고 누웠지만 눈앞에서 그 모습이 떠나지 않았다. 아마 나도 달빛 아래 백사장에서 어느 여인과 사랑을 나누고 싶은 것이리라. 젠장.

섬세함 따위 개에게나 줘버려라. 나는 속으로 그렇게 생각했다.

다시 그라우에스에 간 적이 딱 한 번 있었다. 바로 그라우에스로 간 건 아니고 산 너머에 있던 뵈름링엔, 문제의 그날 내가 산을 넘어가 그림엽서를 샀던 곳, 내 아내의 애인이 묵었다는 그곳에 갔다.

나는 일주일 내내 '알베르고 한스' 호텔에서 지내다가 출발 전날 다시 구불구불한 산길을 올라 정상으로 향했다. 때는 5월 중순이어서 골짜기에는 과일나무에 꽃이 만발했지만 산 위에는 아직도 두터운 눈이 쌓여 있었다. 산길 통행이 재개된 지도 몇 주 되지 않은 때였다. 1년 9개월 만이었다.

나는 넘칠 듯한 저수지 옆을 지나쳐 정상 근처까지 올라가서 간이 주차장에 차를 세웠다. 그리고 아래를 내려다보았다. 변한 것은 하나도 없었다. 한참을 그러고 있다가 드디어 절벽 아래로 눈길을 돌려 녹색 수면을 바라볼 수 있었다. 물 위에는 어떤 움직임도 없었다. 맑은 날이었지만 물 위에 반사되는 햇살 한 점, 바람에 일렁이는 물결 하나 없었다.

나는 차를 세워둔 채로 걸어서 밑으로 내려갔다. 한참 후 가파르게 오른쪽으로 꺾이는 지점에 이르렀다. 걸음을 늦추고 왼쪽 길로 건너갔다.

그것은 멀리서도 보였다. 겨울이 두 번 지나가는 동안 눈과 얼음에 다 씻겨 내려갔지만 절벽과 콘크리트로 이루어진 낮은 돌담에 구멍이 있었다. 바닥까지 완전히 뚫리지는 않았지만 작은 'V'자 모양으로 틈새가 벌어져 있었다. 나는 저런 것이 있었던가 싶어 기억을 돌이켜 보았지만 기억나는 것은 없고, 갑자기 몸에 힘이 쭉 빠지며 강하게 욕지기가 일었다. 나는 산 쪽 길가에 토하고 부리나케 차가 있는 곳으로 다시 되짚어 올라갔다.

차에 탄 나는 천천히 산길을 내려갔다. 그리고 다시는 그곳을 찾지 않았다. 원래는 한츠카 부인도 찾아가 보고 아렌마이에르 서장과도 몇 마디 나눌 생각이었지만 이미 말했듯이 나는 다시는 그 산을 넘지 못했다.

＊

　사무실은 아폴로 로에 있었다. 보아하니 큰 유겐트스틸 건물에 들어 있는 고급 아파트의 공간을 나눠 사무실로 쓰는 것 같았다. 초인종을 누르자 폴로셔츠에 검정색 양복을 입은 해쓱한 얼굴의 남자가 문을 열어 주었다. 날렵한 얼굴 윤곽, 깊게 팬 눈두덩, 진지한 눈빛 때문이었을까. 어딘지 모르게 유대인 같은 인상을 풍겼다. 나는 내 소개를 했다.

　"전화하신 분인가요?"

　"네."

　방에는 탁자 하나와 의자 두 개 말고는 거의 아무것도 없었고, 칸막이 때문에 공간이 모로 서 있는 느낌이었다. 나는 의자에 앉자마자 단도직입적으로 말했다.

　"…여자를 찾고 있는데 전에는 에바라고 불렸습니다."

　나는 에바의 사진 서너 장을 꺼내 놓으며 말했다.

　"지금 제가 손에 쥐고 있는 단서는 딱 하나, 'H-124-MC' 번호판의 남색 마츠다를 타는 남자입니다. 교외 바싱엔에 있는 아파트에 삽니다. 36동 D출구……. 얼굴은 말상이고 갈색으로 코팅 된 안경을 쓰고 있습니다. 그 남자가 제가 찾는 여자와의 연결 고리입니다……."

그는 내 얼굴을 빤히 쳐다보더니 조심스럽게 사진을 살폈다.

"왜 직접 알아보지 않으십니까?"

"그럴 시간이 없습니다."

내가 말했다.

"이건 절대 어려운 일은 아니지 않습니까? 만약 생각이 없으시다면 다른 사람을 찾아보겠습니다. 아, 그리고 전 이 일에 쓸데없이 많은 돈을 쏟아붓고 싶은 생각은 없습니다."

마침 그날 아침 케르가 주기로 한 보너스가 우편환으로 도착했다. 딱 필요할 때 도착한 셈이었다. 하지만 나는 그 일에만 한없이 시간을 쏟아부을 수는 없었다.

"다음 약속과 함께 이 일을 맡아 주시면 좋겠습니다."

내가 말했다.

"일주일 안에 이 여자의 이름과 주소를 알아내 주십시오."

그는 소리 내어 웃었다.

"그런 약속은 염라대왕 할아버지라도 못합니다."

그는 그렇게 말하며 사진을 내 쪽으로 밀었다.

"하지만 비용은 잘해드리죠. 그리고 최선을 다해서 한 번 해 보겠습니다. 보아하니 불가능한 일은 아닌 것 같군요. 그 남자와 이 여자가 아는 사이인 건 확실합니까?"

나는 고개를 끄덕였다.

"여자가 이 도시에 사는 것도요?"

"네."

"지금 300굴덴 내시고요. 일주일 후에 아무것도 못 알아내면 그걸로 끝나는 걸로 하죠."

나는 어깨를 으쓱하고 지갑을 꺼냈다.

"연락하려면 어떻게 해야 합니까?"

나는 그 앞에 있는 메모블록에 주소와 전화번호를 적어주었다. 그는 돈을 받아들고 일어섰다.

"알아내는 대로 바로 연락드리겠습니다. 어느 시간대가 좋으십니까?"

나는 잠시 생각했다.

"오전이요."

내가 말했다.

"밤늦게까지 일할 때가 많아서 아침시간엔 늘 집에 있습니다.”

“알겠습니다.”

우리는 악수를 하고 헤어졌다.

밖으로 나오니 거리에 눈부신 햇살이 쏟아지고 있었다. 페르디난드 볼 가의 집까지는 걸어서 5분 거리였다. 하지만 집에 가야 할 이유도, 집에 가고 싶은 생각도 없었다. 그래서 이름을 알 수 없는 운하를 따라 걷기 시작했다. 교차로 이정표에도 운하의 이름은 표시돼 있지 않았다. 내 생각에는 발데리스 공원에서 끝나는 수로 같았지만 그 공원이 아니라고 해도 상관은 없었다. 중요한 건 몸을 움직이는 것, 시간을 죽이는 것이었다.

전날에도 무엇을 어떻게 해야 할지 생각하며 여섯 시간, 일곱 시간을 내리 걸어 다녔다. 하지만 저녁시간이 되어 〈메피스토〉에서 저녁식사를 할 때쯤 내린 결론은 다시 사립 탐정을 고용해야 한다는 것이었다. 매르텐스는 싫었다. 좀 알아본 뒤 나는 그 하르만이라는 사람에게 일을 맡기기로 결심했다. 처음에는 해쓱한 얼굴이 별로 마음에 안 들었지만 이야기를 나눠 보니 믿을 만하다는 생각이 들었다. 처음에 매르텐스를 만났을 때도 같은 생각이었다는 건 이미 기억에서 지워지고 없었다.

20분쯤 걷다 보니 초록으로 경계가 진 큰 부지가 나타났다. 그게 아마 발데리스 공원인 것 같았다. 나는 문을 통과한 뒤 우거진 관목과 갖가지 꽃나무들, 시끄러운 새소리 사이로 걸어갔다. 여기저기 피크닉 바구니 옆에 담요를 펴고 앉은 사람들이 보였다. 대부분은 연인 혹은 부부이거나 단체로 온 대학생들이었지만 간혹 혼자 앉아 있는 내 나이 또래의 여자들도 보였다. 다른 때 같았으면 남자를 기다리는 게 분명한 그녀들 중 한 사람에게 접근할 수도 있었으리라. 그러나 나는 묵묵히 앞만 보고 걸었다.

그렇게 공원을 사방으로 가로질러 걷다 보니 오후 시간이 다 지나갔다. 페르디난드 볼 가에 도착했을 때는 이미 지저분하게 어스름이 지고 있었다. 나는 문득 마리암 카다르와 오토 헤를라흐의 재판이 엿새 앞으로 다가왔음을 깨달았다.

5월 4일. 그날은 내게 금기시되는 날짜였고, 나는 그날이 다가온다는 사실을 인정하고 싶지 않았다. 왜냐하면 그날이 오고 나면 나는 다시 처음부터 새로운 징조와 예상치 못한 우연들에 둘러싸일 것이었기 때문이다. 그건 마치 내게만 해당되는 어떤 것, 내가 어떻게 해 볼 수 없는 기한 같은 것이었다.

수술 날짜나 이혼 같은.

*

하르만은 바로 그 다음 날 아침에 전화를 해서 내 미행자의 이름을 알려 주었다.

엘메르 반 데어 뢰베.

싱글, 전처와의 사이에 난 자녀 둘을 키우고 있고 팔리제르 가 소재의 보험회사 '크뢰거&크뢰거'에서 8년째 재직 중.

그러나 그는 바로 이틀 뒤 다시 전화를 해서 2주간 일을 쉬는 게 좋겠다고 했다. 반 데어 뢰베가 친구와 함께 크레타 섬으로 전세기 여행을 떠났는데 16일에야 돌아온다는 것이었다. 특히나 내가 저렴한 비용을 원했기 때문에 그 2주간 추적을 계속하는 게 별 의미가 없을 거라는 취지였다.

나도 같은 생각이었다. 전화를 끊고 나니 참을 수 없이 짜증이 치밀었다. 나는 줄곧 침대에 누워 줄담배를 피워

댔고, 베아트리스는 불안한 듯 내 주위를 서성였다. 결국 일어나 베아트리스를 발코니에 내놓았다.

그때 야니스 휘르너에게서 전화가 왔다. 별다른 건 아니고 녹음에 문제가 생겨서 조만간 만나자는 약속을 지킬 수 없다는 것이었다.

그렇다면 기다리는 수밖에.

바에 앉아 생각의 고삐를 다잡는 수밖에.

밤.

나는 여기 앉아 글을 쓰며 삶이 구질구질한 삼류연극이
라는 것을 깨달아간다. 분명한 선도 없고 배울 수 있는 교
훈도 없다. 배우들은 자신의 역할대로 움직이지 않고 드라
마투르기조차 높은 파도에 흔들리는 배처럼 삐걱거린다.
너무 큰 뾰족 구두를 신은 못생긴 창녀 같다.

오늘은 달빛이 더 좁고 긴 그림자를 드리웠다. 어둠을
뚫고 퍼지는 매미 울음소리도 오늘은 조금 조화롭게 들린
다. 해변에서는 조율이 안 된 기타 소리가 들려오고, 공기
는 피부에 느껴지지 않을 만큼 산뜻하다.

이곳에는 스트레스라는 게 없다. 두려움도, 고통도 없
다. 그리고 무대장치도!

나는 송진이 들어간 미지근한 술을 마시며 오늘 40번째

담배에 불을 붙였다. 석유등은 오늘도 그을음이 많이 났다. 이곳에는 전기가 들어오지 않는다. 오직 달빛과 모닥불, 그리고 석유등이 있을 뿐이다.

나는 글을 썼다.

내 손끝에서 그때 일들이 술술 잘도 풀려나왔다. 나는 오래전부터 절망한 상태지만 글쓰기를 주저하지 않는다. 이건 감옥이다. 악마마저도 속아 넘어갈 배경에 둘러싸인 진정한 감옥.

여기 온 지 12일이 지났다. 나를 이곳으로 데려온 그것, 나는 그것을 찾을 수 있을까? 아니 사실 그건 중요하지 않다. 얼어 죽을 헨더슨의 사진이 다 뭐란 말인가! 이건 노고를 노고로 여기지 못하게 할 뿐이다. 나 또한 이제는 아무도 보러 오지 않는 이 저주받은 삼류연극의 허수아비 같은 배우일 뿐이다. 작가도 연출가도 없는 삼류연극.

갈리스의 말에 따르면 레치나의 좋은 점은 끝없이 마실 수 있다는 것이다. 나 또한 그 말에 동의한다. 내 앞에 놓인 술병과 잔 속에 든 액체는 정말 역겹지만 나는 꿋꿋하게 마시고 있다. 하늘은 안다, 내가 얼마나 취했는지.

한 시간 전에 머릿속에 정리해 놓은 것을 글로 옮기는

게 불가능할 지경이다. 밤이 지나고 나면 나는 그 페이지를 찢어버릴 것이다. 새벽 빛을 보면 수치스러움에 땅속으로 숨어드는 허연 버러지들.

그럼에도 불구하고 펜을 들었다면 나는 아마 이렇게 썼을 것이다.

…그리고 맨 오른쪽에 M이 앉아 있었다.

내 기억 속에 남아 있는 건 그것뿐이다.

*

오토 헤를라흐는 맨 왼쪽에 앉아 있었다. 완벽한 헤어스타일에 말끔하게 면도된 얼굴, 흰 와이셔츠, 넥타이, 더블버튼 정장. 돈 잘 버는 남자, 성공한 남자의 전형적인 모습이었다.

그의 오른쪽 옆에는 변호사 두 명이 나란히 앉았다. 한 명은 그의 변호사이고, 다른 한 명은 마리암 카다르의 변호사다. 나는 그들의 변호사가 나란히 앉은 데 무슨 특별한 의미가 있는지, 아니면 단지 그들이 떨어져 앉기 위해 자리를 그렇게 배치한 것인지 궁금했다.

…그리고 맨 오른쪽에 M이 앉아 있었다.

검정색 원피스 차림이었다. 아무렇게나 천을 걸친 듯한, 어깨가 드러난 단순한 디자인의 옷이었다. 그렇다고 아무나 소화할 수 있는 옷은 아니었다. 들은 바에 의하면 직장인의 한 달 월급 가격이라고 했다.

내가 일어나 선서를 하자 그녀는 고개를 들어 나를 약 2초간 쳐다봤다. 그리고 그 시선은 그녀 앞 비스듬한 위치에 서 있는 검사의 구두에 잠시 머물렀다. 그리고 그 두 눈빛은 다르지 않았다.

전혀 다르지 않았다.

"증인은 앉으시오."라는 지시에 나는 그대로 따랐다. 검사가 천천히 내게 다가왔다. 키가 훌쩍 큰 50대 남자로 그리스 조각상 같은 옆모습에 고상한 얼굴의 소유자였고, 자신의 장점을 십분 활용할 줄 아는 사람이었다. 그는 증인석을 빙 돌아 내 앞으로 가더니 내게 왼쪽 옆모습이 보이도록 섰다. 대부분의 방청객은 그의 오른쪽 옆모습을 보게 되는 위치였다. 그는 말을 시작하기 전 침묵 속에 몇 초간 뜸을 들였다.

"다비드 무르크."

그가 입을 열었다.

나는 고개를 끄덕였다.

"다비드 무르크 씨 맞습니까?"

"네 맞습니다."

내가 대답했다.

"왜 이곳 A에 와 계시는지 말씀해 주십시오!"

나는 내 첫 번째 이유를 상세하게 설명했다. 다 말하는데 시간이 좀 걸렸지만 검사는 내 말을 한 번도 끊지 않았다. 오토 헤를라흐는 책상 위에 두 손을 올린 채 차분히 앉아 있었고 내게서 한시도 눈을 떼지 않았다. 그는 미동도 하지 않았지만 나는 그의 턱이 조금 움직이는 것 같다고 느꼈다. 겉으로는 차분해 보였지만 내면에서는 상반된 감정이 충돌하고 있는 듯했다. 반면 마리암 카다르는 시종일관 고개를 숙인 채 그녀의 애인보다 훨씬 편안한 모습을 보였다.

"고맙습니다."

내 말이 끝나자 검사가 말했다.

"이제 번역 작업에 대해 설명해 주십시오. 작업이 어떻게 진행됐고, 언제 이상한 점을 발견했습니까?"

나는 대답을 하며 법정을 휘 둘러보았다. 배심원석에는 남자 네 명, 여자 세 명이 허리를 꼿꼿이 펴고 앉아 약간 근심 어린 표정을 짓고 있었다. 나는 방청석으로 시선을 돌렸다. 넓은 1층과 앞으로 돌출된 2층 상석 모두 꽉 차 있었다. 그럴 만도 했다. 그날은 두 번째 일정으로 본격적인 재판이 시작되는 날이었다. 신문에서 보니 그 전날 있었던 첫 일정에서는 피고인을 확인하는 인정신문과 공소사실을 밝히는 검사의 진술이 있었다.

악의에 의한 계획적 살인.

둘 다 부인했다. 그렇게 전초전은 끝난 상태였다.

언론 기사에 따르면 셀 수 없이 많은 의문이 있었다. '라우퀸'이라는 필명을 쓰는 《텔레그라프》 기자는 카츠와 베름스텐 사건 이후 가장 흥미로운 재판이라고 썼다.

첫 재판이 있던 날 저녁에 〈블리싱엔〉에서 잠깐 봤는데, 어느 텔레비전의 범죄 추적 프로그램은 방송 내내 그 사건을 가지고 토론을 벌였다. 아니, 토론이라기보다는 거창한 질문을 던져 댔다.

두 사람에게 유죄 판결이 나올 것인가?

둘 중 누군가 혼자 죄를 뒤집어쓸 것인가? 그렇다면 누가 될 것인가?

검사 측에서는 어떤 구체적 증거를 들고 나올 것인가? 그들의 삼각관계는 어떤 모습이었을까? 변호사들은 우발적 범행 카드를 들고 나올 것인가? 기타 등등.

"왜 레인이 모국어 출간이 아닌 번역본 출간을 원했다고 생각하십니까?"

그 질문이 떨어지자마자 헤를라흐의 변호사가 자리에서 벌떡 일어나더니 검사가 증인을 호도하고 있다며 이의를 제기했다. 나는 입을 꾹 다물었다.

"기각합니다."

판사가 말했다.

"증인이 그 점에 있어 자신의 의견을 가지고 있지 않겠습니까? 배심원들도 그렇게 생각할 것입니다."

변호사가 자리에 앉았다.

"자, 대답하시죠."

검사가 말했다.

"다시 한 번 질문해 주십시오."

"레인이 왜 책을 번역본으로 출간하려고 했습니까?"

"그러는 게 당연하다고 생각합니다."

"설명하십시오!"

나는 마리암 카다르를 쳐다보았다. 2층의 높은 창문에서 들어온 햇빛에 그녀의 쇄골이 하얀 대리석처럼 빛났다. 머릿속에 다시 그녀의 나체가 떠올랐다.

"원고에 그들이 그를 죽이려 한다고 쓰여 있었기 때문입니다."

내 대답에 방청석이 술렁거렸다. 판사는 큰 망치로 탁자를 쾅쾅 쳤다.

"증인, 계속하십시오."

검사가 말했다.

나는 원고에서 발견한 이탤릭체와 레인이 편지와 벚꽃 동산의 해시계에 대해 쓴 부분을 이야기했다. 곧바로 방청석에서는 동요가 일었고, 판사는 다시 망치를 내리쳤다.

"그 사실을 발견하고 어떻게 했는지 말씀해 주시겠습니까?"

나는 조금씩 속이 메슥거리기 시작했다. 법정 안은 후텁지근했고, 공기 중에는 값비싼 애프터쉐이브 냄새가 떠 있었다. 아마도 오토 혜를라흐에게서 나는 냄새인 것 같았다. 지금 와서 되돌아보니 그 냄새의 진원지는 분명 그였다.

"정말 그런지 확인해 봤습니다."

"어떻게요?"

"베렌제로 가서 정말 원고에 쓰인 대로인지 살펴봤습니다."

"편지를 찾아봤다는 거군요?"

"네."

"원고에 나온 위치에 편지가 있던가요?"

"네."

"편지를 읽었습니까?"

"나중에 읽었습니다."

"편지를 읽고 어떤 결론을 내리셨습니까?"

이번에는 마리암 카다르의 변호사가 이의를 제기했다. 판사는 다시 기각했다. 나는 물을 조금 마셨다. 하지만 물 온도가 실내 온도와 똑같아서 메슥거림은 전혀 나아지지 않았다.

"편지를 읽고 어떤 결론을 내리셨습니까?"

검사가 다시 물었다.

"검사님이라면 어떤 결론을 내리셨겠습니까?"

내가 맞받아쳤다.

판사는 증인의 의무는 묻는 게 아니라 대답하는 것이라고 일러주었다. 나는 고개를 끄덕이고 물을 한 모금 더 마셨다.

"저는 오토 헤를라흐와 마리암 카다르가 레인을 죽였다는 결론을 내렸습니다."

방청석에서 봇물 터지듯 소란이 일었지만 판사는 아무런 제지를 하지 않았다. 검사는 내게 고맙다고 하고 자기 자리로 돌아갔다.

차츰 수군거림이 잦아들었다. 판사는 마리암 카다르의 변호사를 불렀다. 이에 그는 양복 단추를 채우더니 검사와 똑같은 연습된 걸음걸이로 걸어 나와 내 앞에 섰다. 그리스 조각상 같은 옆모습은 아니었지만 그도 검사와 거의 비슷한 자세를 취했다.

"레인의 원고를 번역해 달라고 의뢰한 출판사가 어느 출판사입니까?"

나는 출판사 이름을 댔다.

"언제 책이 출간되는지 아십니까?"

나는 어깨를 으쓱했다.

"조만간 나오는 걸로 알고 있습니다."

"제가 알아본 바에 의하면 오늘입니다."

"그런가요?"

"몇 부나 찍는지는 알고 계시나요?"

"아니요, 모릅니다."

그는 상의 안주머니에서 종이를 꺼내더니 천천히 펼쳤다. 그리고 과장되게 놀란 표정을 지었다.

"5만 부입니다."

나는 아무 대꾸도 하지 않았다. 그는 안경을 벗어 한쪽 다리를 잡고 흔들흔들하며 물었다.

"이 사안에 대해 하고 싶은 말 있습니까?"

"아니요."

"외서인 걸 생각하면 엄청나게 많은 부수 아닌가요?"

나는 다시 어깨를 으쓱했다.

"그럴 수도 있겠죠. 하지만 레인은 훌륭한 작가니까요."

"그걸 의심하진 않습니다."

그는 다시 쪽지를 들여다보았다.

"여기 증인의 나라에서 팔린 레인의 지난 두 작품의 판매 부수가 있습니다. …몇 권인지 아십니까?"

"아니요."

"1만 2천 부입니다. 말했듯이 두 권 합해서요. …하실 말씀 없습니까?"

나는 아무 말도 하지 않았다. 그는 희미하게 웃으며 다시 안경을 꼈다.

"한 가지 묻겠습니다. 이 책이 출판되면 출판사는 큰 수익을 얻게 됩니까?"

"그럴 수도 있겠죠."

그는 잠시 말을 멈추고 내게 등을 돌렸다.

"이 모든 게 다……."

그가 다시 입을 뗐다.

"가만히 있어도 팔리는 베스트셀러를 만들어 돈을 벌려고 지어낸 이야기 아닙니까?"

나는 다시 물을 마셨다.

"헛소리."

내가 말했다.

"지금 뭐라고 하셨습니까?"

"헛소리라고요!"

내가 큰 소리로 반복했다.

"증인은 언어 사용에 신중을 기해 주십시오."

판사가 한마디 했다.

마리암 카다르의 변호사가 자리로 돌아가 앉자 이번에는 헤를라흐의 변호사가 나왔다.

"여기 A에 체류하는 비용은 누가 댑니까?"

그가 물었다.

"물론 출판사에서 댑니다."

"증인이 번역한 그 원고 말입니다. 그게 정말 헤르문드 레인의 것이라는 증거가 있습니까?"

"무슨 뜻이죠?"

"그 원고를 쓴 사람이 레인이라는 걸 어떻게 알죠?"

나는 점점 화가 났다.

"당연히 레인이 썼죠, 그럼 누가 썼단 말입니까?"

"그 원고를 어떤 경위로 받으셨습니까?"

"케르에게 받았습니다."

"출판사 측으로부터요?"

"네, 물론입니다."

"케르 씨는 원고를 어디서 받았습니까?"

"레인이 케르에게 보냈습니다."

"그걸 어떻게 알죠?"

"그렇게 들었으니까요."

"케르 씨에게서요?"

"네."

"다른 출처는 없습니까?"

"무슨 출처요?"

"정말 그런 경위로 원고가 전해졌다는 걸 증명할 수 있는 출처요."

나는 숨을 씩씩거렸다.

"제게 왜 그런 게 필요합니까? 도대체 무슨 얘기를 하고 싶어서 이런 바보 같은 소리를 하는 겁니까?"

판사는 아까보다 더 강하게 주의를 주었다.

변호사는 내가 앉아 있는 증인석 테두리에 팔을 괴었다.

"출판사 측 말 외에 그 원고를 보낸 사람이 정말 레인이라는 걸 증명할 수 있는 게 있습니까?"

"아니요."

"그럼 가짜일 수도 있겠네요?"

"그건 믿을 수 없는 일입니다."

"전 지금 증인이 믿는지 믿지 않는지를 묻는 게 아닙니다."

"출판사에서 그런 거짓 조작을 했을 거라고는 절대 생각하지 않습니다."

"출판사가 다시 일어설 수 있는 기회인데요?"

"출판사가 뭐 앉아 있나요?"

변호사가 픽 웃었다.

"하지만 만약 누군가 레인인 척하고 그 원고를 보냈다면 그 출판사도 사기를 당했다고 볼 수 있지 않겠습니까?"

나는 잠시 생각했다. 그리고 물을 한 모금 마셨다.

"이론적으로는 그렇습니다."

그 부분은 인정할 수밖에 없었다.

"하지만 그럴 가능성은 없다고 생각합니다."

"고맙습니다."

변호사가 말했다.

"여기까지입니다."

판사는 내게 증인석을 떠나도 좋다고 말했다. 아까 봤던 공무원이 다시 나를 밖으로 안내했다. 나는 피고인석을 지날 때 마리암 카다르와 눈을 마주치려고 시도했다. 하지만 그녀의 시선은 시종일관 바닥을 향해 있었다. 반면 오토 헤를라흐는 매우 분개한 눈빛으로 나를 노려봤다. 그도 그럴 것이 그렇게 문명화된 장소가 아니었다면 그는 분명 나를 때려죽였을 것이다.

나는 눈부신 햇살을 맞으며 법원의 널찍한 계단을 내려갔다. 시계를 보니 증인을 서는 데 걸린 시간은 한 시간이 채 안 됐다. 나는 재킷을 벗어 어깨에 걸치고 시내 쪽으로 방향을 잡았다. 속이 여전히 메슥거리는 게 제대로 된 드링크를 몇 잔 마셔 줘야 원래 상태로 돌아올 것 같았다.

나는 꿈을 잘 꾸지 않는다. 하지만 그녀가 나왔을 때 바로 꿈이란 걸 알았다.

옷차림은 법정에서와 똑같았다. 그녀의 어깨는 어디서 비치는지 모를 인공조명을 받아 의아할 정도로 하얗게 빛났다. 그녀는 천천히, 아주 천천히, 조심스럽게 나를 향해 걸어왔다. 보지 않아도 맨발이라는 걸 바로 알 수 있었다. 그녀의 부드러운 발바닥이 검은 대리석 바닥에 스치는 소리가 들리는 듯도 했다. 아니 느껴지는 것 같았다. 따뜻하고 감각적인 것과 차갑고 단단한 것의 대비는 날 선 칼날처럼 예리했다. 내게도 바닥의 느낌이 전해졌다. 내가 아는 느낌이었다. 그건 분명 10년 전 에바와 함께 밤새 사랑을 나눈 토스카의 앙겔로 교회 합창단석의 바닥이었다.

내 앞으로 온 그녀는 두 걸음 정도 떨어진 곳에서 걸음

을 멈췄다. 그녀의 옷이 바닥으로 흘러내렸다. 그녀의 적
나라한 나체가 어두운 교회 안을 가득 채웠다. 나는 손을
뻗어 그녀를 안았다. 그리고 살 속에 코를 처박고 그녀의
향기를 빨아들였다. 그녀에게서는 뜨거운 여름햇볕 속에
하루 종일 내놓은 백단나무와 타임 향이 났다. 그리고 욕
정의 냄새가 났다. 그녀는 부드러운 동작으로 몸을 낮추며
빳빳해진 내 성기를 입술로 감싸더니 무릎을 꿇고 앉았다.
내가 그녀를 따라 몸을 낮추자 그녀는 내게서 떨어져 다리
를 벌리고 바닥에 누웠다. 나는 그녀 안으로 파고들었다.
우리는 큰 소리로 신음하며 사랑을 나누기 시작했다. 오래
전 그날 밤 그랬던 것처럼. 흥분한 그녀의 교성이 교회 안
에 울려 퍼졌다. 그때 피에라 델 앙겔로 교회의 산타마르
가레타 합창단석에서 마치… 욕정에 굶주린 이교도들처
럼, 분별없는 짐승들처럼 사랑을 나눴던 그때처럼.

　그러다 문득 고개를 들어 보니 둥근 창문 앞에 다른 여
자가 서 있었다. 에바였다. 그러고 보니 내 위에 앉아 고개
를 뒤로 젖히고 신음하는 여자는 에바가 아니라 바로 마리
암 카다르였다.

　에바는 마리암 카다르와 똑같은 검정색 원피스를 입고

있었다. 나는 에바를 보자마자 마리암 카다르 밑에서 빠져
나왔다. 에바는 우리에게 다가와 옷을 벗었다. 그녀의 몸
또한 눈부시게 하얀 빛을 냈다. 그녀의 눈빛이 반짝였다.
그녀는 두 손으로 자신의 가슴과 다리 사이를 어루만지며
우리 둘 사이로 미끄러져 들어왔다. 나는 기어서 약간 옆
으로 물러났다. 내가 빠져나왔지만 마리암 카다르는 여전
히 가늘게 신음하고 있었다. 그런 그녀 위로 에바가 몸을
낮추더니 마리암의 다리 사이에 얼굴을 묻었다. 그리고 그
들은 그렇게 조용히, 그리고 방만하게 사랑을 나눴다. 서
로의 다리 사이에 얼굴을 파묻고 빨고 핥으며 서로에게 열
중했다.

　　나는 벽에 등을 기대고 앉아 그들의 하는 행위를 지켜보
았다. 한시도 그들에게서 눈을 뗄 수 없었다. 그러다 갑자
기 동작을 멈춘 그들이 나를 향해 "레인, 이리 와요!"라고
말했다. 순간 둘 중 하나가 남자로 변했다. 그게 누군지는
분간할 수 없었다. 나는 그제야 상황의 위험성을 깨닫고
도망쳐야겠다고 생각했다. 그러나 이미 때는 늦었다. 그들
은 내 팔다리를 잡고 중앙으로 끌고 나가 측면의 좁은 창
문으로 들어온 빛이 길게 드리워진 자리에 내려놓았다. 여

자가 남자에게 뭔가 가져오라고 시키자 남자는 긴 의자들 사이로 사라졌다. 그제야 그 여자가 에바라는 것이 분명해졌다.

"레인."

그녀가 속삭였다.

"레인 맞죠?"

그렇게 말할 때 그녀의 얼굴은 내 얼굴 바로 앞에 와 있었다. 그녀가 하는 말은 귀를 통해 들리는 것이 아니라 피부와 땀샘으로 스며드는 것 같았다.

"아냐, 난 레인이 아니야."

내가 말했다.

"나 다비드야. 당신은 에바고."

그녀가 내게 더 다가오는 느낌이 들었다.

"저 사람이 돌아오기 전에 끝낼 수 있을 것 같아요."

그녀가 속삭였다.

"자 어서요!"

그녀는 내 위에 올라타고 달아오른 자신의 몸속에 내 성기를 집어넣었다. 그리고 위아래로 움직이기 시작했다. 그녀의 몸은 그 어느 때보다 뜨겁고 좁고 아름다웠다. 나는 사정 직전에 이르렀다. 그때 멀리서 다가오는 사람 발자국 소리가 교회당에 울려 퍼졌다.

"레인."

내 위에 앉은 그녀가 신음했다.

"레인! 사랑해요. 하지만 당신을 죽여야 해요."

"누구야?"

내가 물었다.

젖가슴은 분명 에바의 것이 분명한데 얼굴이 뒤로 젖혀져 있어서 알아볼 수 없었다. 그리고 목소리는 여자 목소리인데 특정인의 것이 아니었다.

"어서."

그녀가 말했나.

"어서요!"

이윽고 나는 사정을 했다.

잠에서 깨어 보니 창밖에서 페르디난드 볼 가를 지나가는 전차 소리가 들렸다. 베아트리스가 비난에 찬 황색 눈으로 나를 노려보고 있었다.

나는 일어나 욕실로 갔다.

*

　　나는 《하제테》지에서 『레인』의 출간 기사를 읽었다. 같은 날 케르에게 전화가 왔고, 들어보니 기사의 내용이 다 맞았다. 출간한 지 얼마 안 됐지만 매출 실적은 매우 좋았다. 책은 막 시작된 재판이 가지는 의미와 더불어 유럽의 모든 매체들에게 큰 관심을 불러일으켰다. 오토 헤를라흐가 고소하리라는 것은 이미 예견된 일이었고, 바로 고소장이 접수됐지만 헤를라흐의 요구대로 발행된 책이 회수될 위험은 없었다.

　　이런저런 위협도 있었지만 출판사는 유명세를 치른다 생각하고 웃어넘겼다고 했다. 정말 걱정되는 것 하나는 텍스트가 진행 중인 재판의 증거물이라는 데 있었지만 비밀리에 진행되는 재판이 아니었기에 문제가 될 것 같지는 않다고 했다.

　　"원본 원고와 관련해서 몇 가지 제의가 있었어요."

　　케르가 살짝 뒤집힌 목소리로 말했다.

　　"그쪽은 그런 거 없었어요?"

　　"그런 거 어떤 거요?"

"내가 알 게 뭐예요? 기자들 안 따라붙었냐고요."

"없었는데요."

물론 사실이 아니었다. 전날 저녁만 해도 《드 저널》의 예쁜 기자에게 내 이야기를 팔고 인터뷰와 사진을 합해 2천 굴덴을 받았다. 하지만 돈을 전혀 받지 않고 그녀와 잠자리를 가질 수 있었다면 더 좋았으리라. 당시 나는 성적 욕구 불만에 시달리고 있었다.

집 전화번호를 어떻게 알았는지 전화도 여러 번 왔었다. 나는 매번 놀란 척하며 이 주소에 다비드 무르크라는 사람은 산 적이 없다고 말해 주었다. 전날 저녁 늦게 〈블리싱엔〉에 앉아 있을 때도 수상한 주간지 이름을 대며 코가 빨간 기자가 접근해 왔지만 대충 얼버무려서 떼어내 버렸다.

재판 첫 주 목요일 아침, 샤워를 마치고 나왔는데 다시 그곳으로 가야 한다는 생각이 강하게 나를 사로잡았다. 법원으로 가야 한다는 뜻이다. 재판이 어떻게 되어 가는지 보기 위해서라고 스스로에게 주입했지만 사실 마리암 카다르 때문이라는 것을 나 자신도 잘 알고 있었다. 어쨌든 나는 그녀를 다시 봐야만 했다. 그녀가 꿈속에서와 같은 모습인지 가서 확인해야 했다. 잠시라도 시선을 마주칠 수

는 없을지, 재판 결과와는 상관없이 그녀의 가녀린 어깨에
그 하얀 빛이 계속 남아 있는지 가서 보고 싶었다.

이 사건에서 내 역할은 이미 끝났기 때문에 법원을 멀리
할 필요도 없었다. 그리고 내게도 다른 시민들, 아니 외국
인들과 똑같이 이 나라의 법체계가 작동하는 모습을 지켜
볼 권리가 있었다.

일단 결심이 서자 마음이 바빠졌다. 방청객 입장 시간까
지 15분밖에 남지 않았다는 걸 깨달은 나는 그길로 거리로
뛰쳐나가 택시를 잡아탔다. 그리고 최대한 빨리 법원으로
가달라고 했다.

*

나는 아마 그녀가 지난번과 똑같은 검정색 원피스를 입
었기를 바랐던 것 같다.

내가 증인석에 서던 날 입었던 옷.

내 꿈에서 봤던 그 옷 말이다.

그러나 그녀는 다른 옷을 입고 있었다. 역시나 어두운색
계열이었는데 쇄골은 전혀 드러나지 않았다.

나는 늦게 도착했음에도 불구하고 꽤 좋은 자리를 차지할 수 있었다. 방청석 첫째 줄 우측 끝부분으로, 전체적으로 시야가 뚫리고 변호사 옆에 앉은 마리암 카다르의 완벽한 옆모습을 볼 수 있었다. 그녀가 증인석에 앉아 있을 때는 물론 반대쪽 얼굴이 보였다.

사람들은 그녀가 자리에서 일어나 겸손하면서도 우아한 자태로 증인석으로 걸어가는 모습을 숨죽인 채 지켜보았다. 그녀는 증인석에 앉아 물을 한 모금 마신 뒤 두 손을 무릎 위에 가지런히 포갰다. 그 모습은 숨이 막히게 인상적이어서 나는 팔꿈치 아래로 전율이 일었다.

검사는 예의 그 자리에 서더니 볼을 홀쭉하게 만든 다음 혀로 윗니를 몇 번 훑었다. 마치 좋은 코냑을 마시고 나서 마지막 남은 뒷맛까지 음미하려는 듯이. 그는 입을 손으로 가리고 가벼운 기침을 하더니 말을 시작했다.

"카다르 부인, 작가 헤르문드 레인과 결혼한 지 얼마나 되셨죠?"

대답은 바로 나오지 않았다. 그녀는 실제로 햇수를 세고 있는 것처럼 보였다.

"15년이요. 15년에서 두 달 모자랍니다."

"결혼 당시 부인의 나이는 몇 살이었습니까?"

"스물넷이요."

"당시 남편의 나이는요?"

"마흔둘이요."

내 오른쪽 옆에 앉은 나이 지긋한 남자는 메모를 하고 있었는데, 가만히 보니 메모만 하는 게 아니라 속기를 하고 있었다. 아니나 다를까 다음 날 《텔레그라프》지에는 마리암 카다르의 증인 신문이 단어 하나 틀리지 않고 그대로 실렸다.

"자녀가 있습니까?"

"아니요."

"전에 결혼한 적이 있습니까?"

"아니요."

"남편은요?"

"두 번 있어요."

검사는 잠시 말을 멈췄다. 여전히 법정 안에는 긴장된 침묵이 흐르고 있었다. 방청객뿐 아니라 법원의 정리들도 숨을 죽이고 있었다. 사람으로 가득 찬 공간에 팽배한 침묵은 마치 진공 상태를 연상케 했다. 침묵이 음향적 압력을 만들어 낸 것만 같았다. 오토 헤를라흐의 변호사가 볼펜으로 딱딱 소리를 냈는데, 법정 안의 모든 시선이 그에게 쏠렸던 기억이 아직도 생생하다.

"남편은 전처들과의 사이에 자녀가 있었습니까?"

"아니요. 검사님이 그걸 모르시지는 않을 텐데요?"

"네, 물론입니다 카다르 부인. 하지만 부인에게 죄가 있는지 없는지 판정하는 사람은 제가 아니니까요."

이에 마리암 카다르는 한숨을 푹 쉬었다.

"부인이 유일한 상속인이라는 게 사실입니까?"

"네."

"상속받을 금액이 얼마나 되는지 알고 계십니까?"

"아니요, 정확히는 몰라요."

"제가 가지고 있는 목록에 보면 5백만 내지 6백만 굴덴 정도 되겠군요. 맞습니까?"

"네."

검사는 다시 잠시 휴식했다. 나는 그 키 큰 검사가 여가를 이용해 펜싱을 열심히 하지 않을까 하고 생각해 보았다. 그리고 마리암 카다르에 대해서도 같은 생각을 했다. 두 사람 사이의 대화는 마치 펜싱 동작 같았다. 셋, 넷, 다섯 번 공격, 그만큼의 방어, 그런 다음 다시 앞으로 발을 내디딜 준비를 하며 잠시 휴식.

"카다르 부인, 남편을 사랑하셨나요?"

"네."

그 대답은 떨림 없이 나왔다. 법정 안에 있던 사람들 중 그 말의 진실성을 의심한 사람은 많지 않았을 것이다.

"부인은 남편에게 신의를 지키셨습니까?"

"질문을 이해하지 못하겠는데요?"

검사는 삼류 코미디언처럼 놀란 표정을 지었다.

"남편에게 신의를 지켰는지 물었습니다. 이렇게 간단한 질문에 답변을 못 하시다니 놀랍습니다."

"신의란 분명한 개념이 아니니까요."

검사는 짧게 소리 내어 웃었다.

"뭐 그럴 수도 있겠네요. 그럼 다른 남자들과 관계를 가지곤 했습니까?"

그녀의 변호사가 튀어 오르듯 일어나 이의를 제기했다.

"질문을 다르게 표현해 주세요, 검사."

판사가 말했다.

검사는 고개를 주억거리며 순순히 요청을 받아들였다.

"남편의 출판사 대표 오토 헤를라흐 씨와 성관계를 가진 적이 있습니까?"

"네."

그녀는 이번에도 아무 망설임 없이 바로 대답했다.

검사는 짧게 숨을 돌린 후 같은 부위를 다시 찔렀다.

"헤를라흐와의 관계는 언제 시작됐습니까?"

"2년 반 전이요."

"남편이 그 사실을 알고 있었나요?"

"아니요."

"확실합니까?"

그녀는 잠시 생각했다.

"끝에 가시는 어느 정도 알았을 거예요."

"'끝에 가서'라니요?"

"지난여름부터요."

"왜 그렇게 생각하시죠?"

그녀는 어깨를 으쓱하고는 아무 대답도 하지 않았다.

검사가 질문을 반복했다.

"모르겠어요."

그녀가 말했다.

"그냥 그런 느낌이 들었어요."

"남편을 사랑하는데 왜 바람을 피우신 거죠?"

"이 질문에 대답하지 않아도 된다면 좋겠네요."

"카다르 부인."

판사가 그녀 쪽으로 몸을 기울이며 말했다.

"우리가 여기 모인 건 정의를 바로세우기 위해서입니다. 정보를 숨길수록 더 많은 부분이 공론의 범위로 넘어가게 된다는 걸 생각하셔야 합니다."

"제가 대답하기 싫으면 대답하지 않을 권리가 있는 걸로 아는데요."

"네 맞습니다."

판사가 수긍했다.

"대답하고 싶은 것만 대답하고 대답하기 싫은 건 대답 안 하셔도 됩니다. 하지만 정말 무죄라면 십중팔구는 침묵하기보다는 말을 하시는 게 옳습니다."

"질문이 뭐였죠?"

고개를 숙인 채 판사의 말을 듣고 있던 검사는 고개를 들고 헛기침을 한 번 하더니 질문을 반복했다.

"남편을 사랑한다고 하셨는데, 사랑한다면서 왜 바람을

피웠습니까?"

"정상적인 결혼생활이 불가능한 상태였기 때문이에요."

그날 처음으로 방청석이 술렁거렸다. 판사는 망치를 들었지만 탁자를 내려치기 전에 수군거림은 잦아들었다.

"그럼 오토 헤를라흐도 사랑했나요?"

그녀는 잠시 아무 대답도 하지 않았다. 하지만 대답을 생각하는 것은 아니었다. 그녀의 변호사가 이의를 제기할지 묻는 듯한 손짓을 보냈다. 그러나 그녀는 가만히 고개를 저었다.

"그 질문에는 대답하지 않겠습니다."

"왜죠?"

"누구를 사랑하고 안 하고는 순전히 제 개인적인 문제니까요."

"카다르 부인은 지금 살인죄로 기소된 상태입니다."

"알고 있어요."

"남편을 살해했습니까?"

"살해하지 않았습니다."

"들어보니 남편에게 맞은 적이 있다고 하던데요?"

"아, 그건⋯⋯."

"그런 일이 있었던 게 사실입니까?"

"네, 두 번 있었어요."

"어느 정도 무거운 폭력이었나요?"

"두 번째 맞았을 때는 병원에 가야 했어요."

"그게 언제입니까?"

"1년 전쯤이요."

"이유가 뭐였죠?"

"제 잘못이었어요."

"무슨 뜻이죠?"

"이의 있습니다!"

그녀의 변호사가 일어서며 외쳤다.

"검사는 계속 유도질문을 하고 있습니다. 사건에 대해 물을 게 아니라면 그만두게 해 주십시오!"

그 말에 방청석에서 작은 박수소리가 새어나왔다. 이에 판사는 이의를 받아들였다.

"부탁이니 검사는 지금부터 해당 범죄사건에 대해서만 질문하세요."

판사가 언짢은 표정으로 명령했다.

"네, 얼마든지요."

검사가 웃으며 말했다. 그런 꾸지람 정도는 가볍게 받아들이는 것 같았다.

"카다르 부인, 남편이 죽은 날 밤에 대해 말해 보십시오!"

그녀는 잠시 말없이 있다가 판사 쪽으로 고개를 돌렸다.

"대답하기 전에 제 변호사와 잠시 얘기할 수 있을까요?"

판사가 고개를 끄덕였다. 그녀의 변호사는 서둘러 그녀에게 다가갔고 잠시 속닥거림이 있었다. 이어서 변호사가 판사에게 다가가더니 몇 마디 말을 전했다. 이에 판사는 서류에 뭔가 끄적거리더니 자리에서 일어섰다.

"잠시 휴정합니다."

판사는 망치로 탁자를 쳤다.

"15분간 휴정!"

날은 점점 더 더워졌다. 해가 있는 동안 해변을 떠난다
는 것은 상상할 수 없을 정도였다. 집에도 있어 보고 올리
브 언덕에도 가 봤지만 금세 견디기 힘들어졌다. 바다에서
만이 오로지 피서가 가능한 날들이 계속되었다. 그냥 물가
에 있기만 해도, 가끔 발을 담그거나 머리를 식혀 주는 정
도만 해도 견딜 만했다.

바다다!

얼마 전 나는 돌이 많고 삐죽삐죽한 동쪽 반도 해안을
따라 죽 걸어가 봤다. 가장 가까운 해수욕장까지 가서 가
능하면 산 정상 교회당에서 봤던 집을 가까이서 살펴볼 심
산이었다. 물론 보트를 타고 가면 훨씬 쉬웠을 것이다. 조
만간 보트를 하나 빌릴 생각이다.

그 고난의 행군은 총 세 시간이 넘게 걸렸고, 좀처럼 진

척이 없었다. 자업자득이다.

해수욕장에 다다르니 열댓 명 되는 사람이 전부 다 벌거 벗고 돌아다니고 있었다. 남자 여자 아이 할 것 없이 모두 벌거숭이였다. 배도 두 대나 있었다. 하나는 꽤 큰 모터요 트인데 약간 떨어진 물 위에서 흔들거리고 있었고, 카잔차 키스 형제의 것과 비슷한 작은 목선은 백사장 위로 끌어올 려져 있었다.

집은 비탈 위로 50미터 정도 올라간 곳에 있었다. 흰색 으로 회칠한 큰 집이었다. 자세히 보이지는 않았지만 빙 둘러 테라스가 나 있고 파라솔, 흰색 의자와 탁자 세트, 비 치 타월 등으로 보아 그 가족이 그 집에 사는 것 같았다. 그 렇게 창피한 줄 모르고 훌훌 벗어젖히는 걸로 봐서 그리스 인은 아니었다.

그 얘긴 이 정도로 끝내고, 나는 며칠간은 저녁에 버스 를 타고 시내에 나가 포도넝쿨 아래 술집에 앉아 있곤 했 다. 활기가 넘쳤다. 관광객과 지역 사람들이 조화롭게 한 데 섞이는 분위기였다. 몇몇 주위 사람들에게 사진을 보여 주었다. 그중 두 사람 정도는 알겠다는 표정으로 미소를 지으며 고개를 끄덕이기도 했다. 하지만 무슨 의미가 있어서 그러는 건지, 아니면 그저 예의와 호의의 표현인지는 알수 없었다. 그곳 사람들은 서비스에 꼭 필요한 토막영어를 제외하고는 대부분 그리스어밖에 할 줄 몰랐다.

그것 말고도 나를 조심스럽게 만든 것은 더 있었다. 이해하기 힘들지만 한편으로는 아주 단순한 것이다. 그것은 억지로 강행하고 싶지 않다는 느낌이었다. 이 섬에도 이섬의 패턴, 그 질서에 따라 움직이는 것들이 있다. 내게는 시간이 충분하고 아직 결정적 단서를 찾진 못했지만 제대로 찾아왔다는 느낌이 있었다. 그런데 그 느낌이 아직 잘여물지 않은 상태고, 바로 그 가녀림 때문에 그 어떤 것도무리하고 싶지 않았던 것이다.

날개를 다친 새. 상처는 점점 아물고 있지만 날아오른다면 견뎌 내지 못할 것이다. 무럭무럭 자라고 있는 태아. 그러나 햇볕 아래선 부서져 버릴 것이다. 특히 이렇게 무자비하게 뜨거운 태양 아래서는.

새 같다고. 처음 만났을 때 그녀는 자신을 그렇게 표현했었다. 날개를 다친 새 같다고.

"다 나을 때까지는 아무것도 줄 수 없어요."

그녀가 말했다.

"받기만 할 뿐."

나는 그게 마음에 들었다. 그것은 처음부터 우리 관계에 틀을 만들었고, 나는 그 틀을 기꺼이 받아들였다.

우리가 육체적으로 사랑을 나누게 되기까지는 거의 한 달이 걸렸다. 당시 내게는 제대로 끝내지 못한 관계가 있었으므로 끝낼 시간을 벌 수 있어 더 좋았다.

우리가 결혼 할 때까지도 그녀는 여전히 나의 날개 다친 새였다. 그러다 두 번의 유산이 있었다. 그녀는 아직 단단히 여물지 않은 아이 둘을 잃었다. 그러나 우리 관계는 더 공고해졌을 뿐이다. 하지만 두 번째 유산 후 나의 강인함이 진공 상태 같은 그녀의 나약함을 더 이상 채워 줄 수 없는 상태가 되었다. 우리는 1년 정도 거의 따로 살다시피 했는데, 그 기간 동안 나는 힘센 수컷의 권리를 행사했고, 그녀는 병이라는 칙칙한 커튼 뒤에 숨은 채 지냈다.

"아다지오."

그녀는 그 기간에 여러 번 말했다.

"우린 지금 아다지오 속에 살고 있는 거야. 별거 아니야."

물론 실제로는 그렇지 않았다.

마우리츠 빙클러는 서너 번 만나본 것 같다. 나는 그에게 별 호감을 느끼지 못했다. 아주 식상한 얘기를 할 때마저도 그는 비난하는 듯한 사무적인 태도를 보였다.

에바의 치료가 끝난 뒤 우리는 몇 차례 요란한 부부싸움을 했다. 그러다 몸싸움으로 번진 적도 몇 번 있었지만 매번 화해했고, 싸움 뒤에는 관계가 더욱 공고해지는 것을 느꼈다. 마우리츠 빙클러는 그 부분에 대해 전혀 이해하지 못했다. 그게 화제가 된 적은 한 번도 없었지만 그는 나에 대해 심한 편견을 가지고 있었다. 그것은 그의 말이나 미소에서 은연중에 드러났다.

그렇다. 마우리츠 빙클러는 상처 입은 새와 권리와 의무를 가진 강자의 윤리를 이해하지 못했다. 그리고 나는 그런 그를 너그러이 보아 넘기기가 영 힘들었다.

처음부터 그랬던 것이다. 그가 내 아내의 애인이 되기 한참 전부터.

\*

빠르게 어스름이 내렸다. 어둠은 구석에서부터 퍼지기

시작했다.

　나는 침대에 누워 윤곽이 흐릿해져 가는 방 안을 응시했다. 그들, 내 아내와 그녀의 애인을 마음속에 떠올려 보았다. 그러나 그것은 순간적으로 나타났다 사라진 허상일 뿐이다.

　나는 침대 옆에 둔 레치나 병에 손을 뻗었다. 그리고 술병을 들어 크게 한 모금 들이켰다. 며칠 전에 쓴 삼류연극 부분에 대해 생각하다가 어떻게 하면 땅에 발붙이고 삶의 의미를 찾을 수 있을까 생각해 보았다. 그러나 내가 이미 알고 있는 씁쓸한 대답 외에 떠오르는 것은 없었다.

　사실 처음부터 다른 걸 바라지도 않았다. 내가 처절하게 아름다운 이 섬에, 이 더위 속에, 그리고 이렇듯 어둠 속에 홀로 누워 있는 것은 오직 인생에 대한 배신감 때문이다.

　오직 그것 하나 때문이다.

마리암 카다르는 11월 19일 밤부터 11월 20일 아침 사이에 일어난 일에 대해 진술했다. 그 진술은 검사, 변호사, 판사의 질문 등을 포함해 총 45분이 걸렸다. 그리고 진술이 끝났을 때 배심원들 모두 그녀의 유죄를 확신하는 듯했다.

진술하는 내내 그녀의 어깨는 긴장하는 기미 없이 편안해 보였고, 목소리도 안정적이었다. 하지만 우리 모두의 마음속에는 그녀가 유죄라는 확신이 굳게 뿌리내리고 있었다.

유죄.

더 이상 아무것도 소용없었다.

인간적 동정도, 대리석처럼 하얀 쇄골도, 딱한 사정도 통하지 않았다.

오토 헤를라흐의 증인 진술은 짧은 휴식 뒤에 이어졌다. 그의 진술은 여러 가지 점에서 그녀와 다른 인상을 주었지만 그 상황을 바꿔 놓지는 못했다. 처절한 노력을 했음에도 전체적으로 마리암 카다르가 말한 사건과 정황을 반복하는 데 그쳤다. 다음 날 여러 신문의 사건 요약에서 볼 수 있듯이 그의 진술은 위대한 작가 헤르문드 레인의 갑작스러운 죽음을 둘러싼 팩트를 강조하고 사람들에게 각인시키는 역할을 했을 뿐이다.

두 사람 모두 내연 관계임을 순순히 인정했다. 처음에는 어쩌다 한 번씩 만나는 사이였지만 3년째 내연 관계를 이어 왔으며, M과 G가 공통적으로 강조한 바에 의하면 성관계 위주의 관계였다. 그리고 그것은 이미 알려진 대로 레인의 성적 무능력에서 비롯되었다고 했다.

그 문제와 관련해 검사는 부분적으로 유도질문을 시도했고, 특히 마리암 카다르를 혼란스럽게 하는 데 성공했다. 마리암 카다르가 자신의 입장을 밝히는 동안 나는 방청객들의 표정에서 호의가 사라지고, 배심원 중 여자 두 명의 입꼬리가 밑으로 처지는 것을 목격했다.

검사가 왜 레인에게 불륜 사실을 털어놓지 않았느냐고 묻자 마리암 카다르는 말없이 고갯짓으로 대답을 대신했다. 그것 역시 방청객에게 긍정적인 인상을 주지 못했다.

법정에서 알려진 사실은 이러했다.

문제의 날 11월 19일, 오토 헤를라흐는 약속대로 저녁 7시에 벚꽃동산에 도착했다. 원래는 출판사의 편집자 중 한 명인 헬무트 뤼데헤르도 함께 가기로 했지만 사정이 생겨 동행하지 못했다. 그 사정이 무엇인지는 밝혀지지 않았다. 그 부분에서 나는 짜증이 확 치밀었다. 헬무트 뤼데헤르 본인에게 확인만 하면 되는 간단한 일을 검사, 변호사 양측 모두 알아보지 않았기 때문이다.

어쨌든 세 사람은 해안 별장에서 의연하게 식사를 했다. 헤르문드 레인은 기분이 무척 좋지 않은 상태였다고 한다. 오토 헤를라흐의 표현에 의하면 작가나 다른 창작자들에게 심심치 않게 나타나는 과대망상과 자기비하가 섞인 사춘기 증상 비슷한 것인데, 그는 그런 사람들에 대해 잘 안다는 듯 말했다. 그러나 레인이 자신의 아내와 출판업자 사이를 의심하는 거라고는 둘 다 전혀 생각하지 못했다고 주장했다. 운명의 그림자가 짙게 드리웠던 그날도 그전에도.

나는 그 부분에서 그들이 왜 그렇게 딱 잡아떼는지 의아하기만 했다. 적어도 재판이 열릴 때쯤에는 그들도 레인이 그들 관계에 강한 의심을 품었다는 것을 알았을 텐데 왜 그렇게까지 거리를 두려고 하는지 도통 이해가 되지 않았다. 재판이 열릴 때에도 그랬고, 그 뒤에도 마찬가지였다. 어쨌든 그들은 그날 레인의 불편한 심기와 자신들의 비밀스러운 관계의 관련 가능성을 원천적으로 부인했다.

자정 무렵, M의 주장에 따르면 11시 45분, G의 주장에 따르면 12시 5분에 레인은 둘 다 지옥으로 꺼져 버리라며 코냑 한 병을 들고 일어섰다. 그리고 2층 자신의 방으로 들어가 나오지 않았다고 한다. 오토 헤를라흐는 그곳에서 하룻밤을 묵을 예정이었고, 주인은 술에 취한 상태였기에 두 사람이 함께 밤을 보낼 수 있는 기회였지만 그들은 잠자리를 함께하지 않았다고 했다. 그들은 새벽 1시 반쯤 일어나 각자의 방으로 갔다. 오토 헤를라흐는 책을 읽다가 2시 15분에서 2시 반 사이에 잠들었고, 마리암 카다르는 베개에 머리가 닿자마자 잠들었다고 진술했다.

그게 전부였다. 다음 날 오토 헤를라흐가 10시 조금 지난 시각에 먼저 일어났고, 한 시간 반 뒤 마리암 카다르가 레인의 방에서 타자기에 꽂혀 있는 편지를 발견했다. 그전에 여러 번 문 앞에서 레인의 이름을 부르고 문을 두드려 보기도 했지만 기척이 없었다. 혼자 있고 싶어 하는 것 같

아 놔두었고, 그래서 한참 지난 뒤에야 그의 방에 들어갔다
는 주장이었다.

레인의 편지는 비밀 사항이 아니었다. 검사는 큰 소리로
편지를 낭독한 후 그날 타자기에 꽂혀 있던 편지와 동일한
지 물었다. M, G 둘 다 동일하다고 대답했다. 검사는 편지
에서 레인의 지문이 전혀 발견되지 않았는데 어떻게 생각
하느냐고도 물었다. 거기에는 M도 G도 논리적으로 타당
한 해명을 하지 못했다. 그 두 대답이 나올 때마다 배심원
들은 이마를 찡그렸다.

내가 해시계 밑에서 파낸 다른 편지들에 대한 질문에 오
토 헤를라흐와 마리암 카다르가 밝힌 입장은 법정에서도,
다음 날 신문기사 분석에서도 의구심을 불러일으켰다.

전문가가 나와 입증했듯이 편지는 모두 동일한 타자기
로 친 것이었다. 소형 휴대용 타자기 트라이엄프 아들러
로, 오토 헤를라흐의 소유였다. 평소에는 그의 사무실에
두지만 여행을 갈 때는 가지고 다니기도 한다고 했다. 검
사가 놀랍다는 표정으로 모든 게 전산화된 요즘 세상에 좀
더 현대적인 기기를 사용해야 하는 것 아니냐고 묻자 오토
헤를라흐는 예전부터 전자제품보다는 잘 만든 타자기를

선호해 왔다고 답했다.

문제는 네 번째 편지였다. G는 딱 봐도 연애편지인 세 통의 편지는 자신이 썼다고 바로 인정했지만, 레인을 죽여야겠다는 살해 음모의 내용이 담긴 네 번째 편지는 결단코 자신이 쓴 게 아니라며 부인했다. M도 마찬가지였다. 경찰서에 가서야 그 편지를 봤고 전에는 읽어본 적이 없다고 했다. 그리고 그 뒤로 편지를 쓴 사람과는 연락을 끊었다고 강조했다.

네 번째 편지도 다른 편지들처럼 날짜가 구체적으로 명시되어 있지 않고 '199-년 늦가을'이라고만 돼 있었다. 하지만 문제의 주말이 얼마 남지 않았다는 내용이 등장하므로 적어도 레인이 죽기 선 2주 내에 작성됐을 거라는 게 검사의 주장이었다.

한편, 그 편지가 마리암 카다르의 속옷 서랍과 해시계 밑에서 발견된 건 어떻게 된 거냐는 검사의 질문에 두 사람 모두 별 대답을 내놓지 못했다. 나름의 이론을 내세우거나 사변을 늘어놓지 않은 건 오히려 그들에게 조금이나마 도움이 되었던 것 같다.

편지 원본과 서랍에서 발견된 복사본에 대한 질문에 마

리암 카다르는 몇 주 전 남편이 죽은 후 내다버렸다고 주저 없이 말했다. 더 이상 검사는 그것에 대해서는 얘기하지 않고 다른 것을 물었다.

"가르강튀아는 잘 다룰 줄 아셨나요?"

가르강튀아(프랑스 르네상스 소설에 등장하는 거인 왕_역주)는 레인의 보트 이름이다.

"네, 그럼요."

마리암 카다르가 전혀 불안한 기색 없이 대답했다.

"물론입니다."

한 시간 후 오토 헤를라흐도 같은 대답을 했다.

"외부에 모터가 장착된 평범한 보트였습니다. 특별한 점은 전혀 없었습니다."

"고맙습니다."

검사가 말했다.

두 번 모두 똑같은 대답이었다.

＊

마리암 카다르가 고개를 숙인 채 증인석을 떠날 때 다

끝났구나 싶었던 사람은 비단 나 하나뿐이 아니었을 것이다. 검사가 마지막으로 피력한 의구심은 금전에 관한 것이었고, 그와 관련해 그녀가 근심에 휩싸였다는 것은 누구나 알 수 있었다.

문제의 날 전주에 마리암 카다르는 레인의 계좌 중 자신에게 접근 권한이 있던 계좌에서 두 번이나 거액의 현금을 인출했다. 11월 7일에는 10만 굴덴, 그로부터 8일 뒤 11만 굴덴. 그 돈이 왜 필요했냐는 검사의 질문에 그녀는 레인의 부탁으로 인출했으며, 레인이 왜 그 돈을 인출하라고 했는지는 전혀 몰랐다고 했다.

"남편이 시켜서 그런 거액을 인출하는 일이 잦았나요?"

검사가 물었다.

"아니요."

"그전에는 그런 일이 한 번도 없었나요?"

"예전에 한 번 있었던 것 같아요."

"어디에 쓰려고 했는지는 모르고요?"

"네."

"그때는 왜 돈을 찾아오라고 했을까요?"

"모르겠어요."

"물어보지 않으셨습니까?"

"물어봤죠."

"그런데요?"

"대답해 주지 않았어요."

"좀 이상하다고 생각하지 않으셨습니까?"

그녀는 잠시 망설였다.

"글쎄요. 남편은 좀 특이한 데가 있어서요."

"그럴 수도 있겠죠. 그런데 저희도 그 돈이 어디로 갔는지 알아내지 못했습니다. 그 점에 대해서는 어떻게 생각하십니까?"

그녀는 어깨를 으쓱했다.

"모르겠어요."

"뭐 짚이는 것도 없습니까?"

"없어요."

검사는 다음 질문에 힘을 싣기 위해 잠시 뜸을 들였다.

"혹시 부인이 가지고 계신 건 아닐까요?"

"아니요."

"단 한 번도 그런 적이 없었나요?"

"네."

"부인이 남편에게 실제로 돈을 건넸다는 걸 증명해 줄 사람이 있습니까?"

그녀는 잠시 생각했다.

"없습니다."

내가 기억하기로 그녀는 그 간단한 대답 뒤에 바로 증인 석을 나갔다.

\*

나는 멍한 상태로 법정을 나왔다. 이제 끝났구나 하는 씁 쓸한 안도감과 함께였다. 마치 치과치료가 끝났을 때처럼.

그 느낌은 그 후로도 일간간 이어졌다. 나는 목적 없이 느긋하게 거리를 배회하다 공원이나 카페에 앉아 책을 읽 거나 사람들을 구경하기도 하면서 봄 날씨를 만끽했다. 시 간이 다시 손가락 사이로 빠져나가는 느낌이었다. 다시 공 허와 허무의 시기가 찾아왔음을 직감할 수 있었다. 마치 대합실에 앉아 오지 않는 열차를 기다리는 기분이었다.

판결을 앞두고 책과 저작권 문제에 대해 많은 말이 오갔 다. 나도 신문에서 그런 기사를 읽었지만 별 감흥은 없었

다. 내 역할은 끝났다고 생각했기 때문에 다른 사람들처럼
〈함브리누스〉, 〈메피스토〉, 〈블리싱엔〉에 앉아 어디 보
자, 하고 관전하는 입장이었다.

그 시기에 나는 그다지 술을 마시지 않았다. 가끔씩 저
녁에 바에 출입하긴 했지만 자정 훨씬 전에 베아트리스 곁
으로 돌아왔다. 야니스 휘르너가 바닷가 별장으로 초대한
다고 했을 때도 정중하게 거절하며 다음으로 미루자고 했
다. 우리는 6월 초순을 기약했던 것 같다. 그때 나는 올해
6월이 없으리라는 것을 알지 못했다.

물론 나는 그 우연찮게 생긴 여유와 은둔의 시간이 영원
히 지속되지 않을 것임을 잘 알고 있었다. 집중적으로 일
할 시기가 오기 전, 시간의 흐름 속에서 혜성을 따 모으는
힘든 작업 전 필수적으로 거치는 빈 시간의 웅덩이임을 인
지하고 있었다.

*

웅축의 순간은 예상했듯이 5월 중순 주말에 일어났다.

레인 재판의 선고가 내려졌다. 나는 그 판결 내용을 금

요일 오전 라디오 방송에서 들었다. 체포 소식을 들었을 때와 똑같았다. 그때 도로 쪽 창문이 활짝 열려 있었던 게 기억난다. 기자가 짧은 공식 발표문을 읽었다. 마치 온 도 시가 숨을 멈춘 것만 같았다. 몇 초간이었지만 그랬다. 그 것은 참으로 기이한 경험이었다. 지금도 자세히 기억난다.

마리암 카다르 유죄.

오토 헤를라흐 유죄.

악의에 의한 계획적 살인.

이의 없는 판결. 배심원단 만장일치로 결정. 형량은 아직 나오지 않았으나 최고 형량을 피할 수 없어 보임. 두 사람 모 두에게 실형 12년. 정상 참작의 여지없음.

경중의 차이 없이 두 사람 모두에게 똑같이 유죄 선고가 내려졌다. 용서란 없었다.

나는 라디오를 껐다. 창문으로 다시 세상이 밀려들어 왔다.

약 일주일 후 토요일 오전에 케르에게서 전화가 왔다. 판매부수가 4만 5천 부에 육박하고 있으며 다시 5만 부의 재판 인쇄에 들어갔다는 소식이었다. 그는 내게 돈이 더 필요한지 물었고, 나는 고마운 마음으로 두 번째 보너스를 받았다.

그날 밤 나는 인사불성이 되도록 취해서 한 여자와 함께 막스 빌렘 가에 있는 그녀의 집으로 갔다. 하지만 그 집 거실 바닥에서 서둘러 해치운 성관계는 그녀에게나 나에게나 별 의미가 없었다. 그녀에게는 분명 아무것도 아니었을 것이다.

일요일, 5월 16일 일요일에 하르만에게서 연락이 왔다. 그날 저녁 엘메르 반 데어 뢰베가 공항에 도착하니 다시 미행을 시작하겠다는 것이었다. 사라진 아내를 찾겠다는 내 의지가 그대로라는 전제하에서 말이다.

그랬다. 나는 그렇다고 대답했다. 전화를 끊고 나서 나는 부엌으로 가 두통약 두 알을 먹었다. 그날따라 두통이 유난히 심했다. 문득 밖을 내다본 나는 비가 내리는 것을 보고 흠칫 놀랐다. 온화하고 부드러운 봄비였다. 열린 발코니 문 앞에 생긴 얼룩이 빠르게 번지고 있었다.

텔레비전 볼륨을 높인 사람은 주근깨가 난 도리스였다.

〈블리싱엔〉에는 도리스라는 여직원이 두 명 있었다. 둘다 이름이 도리스이고 스물다섯 살 정도의 금발, 차가운 느낌의 전형적인 북유럽 미인이었다. 그런데 그중 한 명에게만 주근깨가 있었다. 그렇다, 어느 날 오후 4시쯤 손동작으로 내 주의를 환기시킨 후 가게 뒤쪽 천장에 매달린 텔레비전 볼륨을 높인 사람은 그 주근깨가 난 도리스였다.

그 뉴스는 계속해서 내 머릿속을 맴돌았다. 〈블리싱엔〉을 나올 때에는 하나하나의 장면과 소리가 너무도 뚜렷한 인상으로 남아 있어서 마치 느린 화면으로 뉴스를 보는 것 같았다. 자신이 전하고 있는 뉴스를 스스로도 믿을 수 없다는 듯 휘둥그레진 여기자의 눈, 흥분과 경악을 억제하며 전문가적 냉정함과 익숙한 보도 언어로 뉴스를 전하던 그녀의 목소리. 그리고 사진들. 교도소. 복도. 수감실 문.

'채널5'의 로고가 그려진 파란색 마이크 앞에서 보이지 않는 기자의 질문에 대답하던 여자 교도원의 흔들림 없는 태도. 그리고 말들.

그 말들은 지금도 내 안에 가라앉아 있는 것만 같았다.

도리스의 손에 들린 담배가 타들어가다 결국 재로 변해 떨어졌다.

"무슨 일이 있었는지 설명해 주시겠습니까?"

기자가 물었다. 그는 두 번 기침을 했는데, 한 번은 마이크를 향해서였다.

"네⋯⋯."

교도원은 주저하며 말을 시작했다.

"연필과 종이를 요구했습니다. 그걸 금지하는 규정은 없거든요."

"연필과 종이를 직접 갖다 주셨습니까?"

"아니요, 제 동료가요."

"동료분이 연필과 종이를 갖다 줬습니까?"

"네."

"그 다음은 어떻게 됐습니까?"

"제가 신부님 오셨다고 전하러 갔습니다."

"신부님이요?"

"네, 면담을 요청했거든요."

"그래서 수감실로 가셨습니까?"

"네, 문틈으로 보니 바닥에 쓰러져 있었습니다."

"그래서 어떻게 하셨습니까?"

"문을 열고 들어갔습니다. 엎드린 상태였습니다. 처음
에는 괜찮은지 물어봤는데 아무 대답이 없었어요. 그래서
몸을 뒤집었는데……. 바닥에 작은 핏자국이 있었고 그다
음에 눈을 봤습니다."

"무슨 일이 일어났는지 바로 파악하셨습니까?"

"네, 연필이 눈에 박혀 있었어요."

"연필이 통째로요?"

"네, 밖으로 보이는 부분은 없었습니다."

"사망한 상태였습니까?"

"네, 도움을 요청했지만 사망을 진단하는 데 그쳤습니
다."

"기분이 어떠셨습니까?"

잠시 침묵이 이어졌다. 카메라가 교도원의 얼굴을 향해

천천히 다가갔다. 그녀는 어디를 쳐다봐야 할지 모르는 표정이었다. 하지만 왼쪽 입꼬리가 실룩거렸을 뿐 여전히 흔들림 없는 태도를 고수했다.

"끔찍했어요……."

진심이라기보다는 그래야 할 것 같아서 하는 답변 같았다.

기자는 에리히 몰데르라고 자신을 소개하고 스튜디오로 마이크를 돌리겠다고 말했다.

"다시 한 번 속보를 말씀드리겠습니다."

눈이 동그란 여기자가 다시 나왔다.

"고인이 된 작가 헤르문드 레인의 미망인 마리암 카다르가 얼마 전 살인죄로 12년형을 선고받고 수감 중이던 부르히스 로 소재의 구치소에서 약 한 시간 전 자살했습니다. 구치소에서 보싱엔 여자 교도소로 이송될 예정이었고, 올해 39세입니다. 더 자세한 소식은 저녁뉴스에서 전해드리겠습니다."

그렇게 속보가 끝났다. 그제야 도리스는 다시 담배를 입으로 가져갔다. 나는 그녀가 팔을 들어 올렸다 내리는 동작을 멍하니 쳐다보았다. 그리고 창가 옆 내 자리에서 일어나 가게를 나갔다.

밖으로 나오니 눈부신 햇살이 전기 충격처럼 내 눈을 찔렀다. 나는 잠시 걸음을 멈추고 벽에 기대 놓은 자전거에 몸을 의지한 채 눈을 감았다. 이상한 느낌의 메슥거림이 훅 치밀었다. 입 안에서 비릿한 쇳내가 강하게 났다. 잠시 후 속이 가라앉았고, 나는 페르디난드 볼 가로 돌아왔다.

신문기사를 읽어 보니 속보의 내용과 똑같았다. 단, 하나 덧붙일 게 있다면 그날, 5월 17일 월요일은 그해 들어 가장 더운 날이었다.

*

나는 흠집이 난 물병에서 물을 따랐다. 우조 잔 안에서 하얀 연기가 피어올랐다. 나는 파라솔 아래 앉아 시에스타(점시식사 후 낮잠 자는 휴식시간)가 끝나기를 기다리는 중이었다. 나도 교회 북쪽 부겐빌레아 꽃(나비 모양 꽃이 피는 분과식물_역주) 옆 벤치에 누워 낮잠을 잤다. 한 시간쯤 자고 일어나 이렇게 서류 봉투를 들고 여기 앉아 있는 것이다.

오르모스 호텔. 다른 호텔도 세 개나 더 있지만 오르모스에는 특별한 우아함이 있다. 우아할 뿐만 아니라 전망도 좋다. 바다 쪽으로 툭 튀어나온 좁고 길쭉한 땅 구석진 곳에 오래된 요새가 있다. 믿기지 않을 정도로 하얗게 먼지를 뒤집어쓴 버스가 매일같이 그곳으로 관광객을 실어 나른다. 물론 시에스타 시간은 제외하고.

시에스타는 이제 슬슬 끝나가고 있었다. 찌는 듯한 더위는 여전하지만 해는 비스듬히 서 있고 집들 사이로 넓은 그림자를 드리우기 시작했다. 나는 발라타코스 씨가 나와 기념품 가게의 창살문을 열면 바로 그에게 다가갈 것이다. 길 하나만 건너면 된다. 이곳에서 아직 창살문을 사용하는 가게는 그의 가게뿐이었다. 사람들은 종종 고개를 절레절레 흔들거나 얼뜨기라느니, 아테네 촌놈이라느니 하며 그를 욕하기도 했다. 하지만 그는 이 섬에서 나고 자랐으며, 일 년 내내 섬에 상주하는 섬 주민이었다.

오르모스에서 우조 한잔하자는 말에 발라타코스는 그러자고 했다. 그는 다시 창살문을 잠갔고, 우리는 조금 전까지 내가 앉아 있던 탁자로 돌아와 마주 앉았다.

나는 약간 신경이 곤두선 상태였다. 이제 기한이 일주일밖에 남지 않았고, 발라타코스는 내게 남은 비장의 카드였다. 나는 그 사실을 며칠 전에야 알았다. 그리고 그 이후로

적당한 기회를 기다렸다.

발라타코스에게 사진을 내밀 때 나는 피가 관자놀이로 솟구치는 것을 느꼈다. 윗입술 위로는 땀방울이 송골송골 맺혔다. 짠맛을 제외한 온갖 맛이 다 나는 식은땀이었다.

발라타코스가 사진을 보기 전 우리는 건배를 했다. 그는 챙 넓은 밀짚모자를 벗은 뒤 털이 숭숭 난 손으로 이마에 난 땀을 쓱 닦더니 다시 모자를 쓰고 담배에 불을 붙였다. 그는 조심스럽게 사진을 살펴보기 시작했다. 짧게 깎은 검푸른 수염을 만지작거리며 한참 동안 꼼꼼히 사진을 들여다보았다. 그러더니 고개를 끄덕이고는 지도가 있는지 물었다.

내가 지도를 펼치자 발라타코스는 자신의 가게를 가리키며 허허 웃었다. 나는 그렇다, 당신 가게에서 산 것이라며 고개를 끄덕였다. 그는 지도를 바짝 끌어당기더니 정말 이 섬의 지도가 맞는지 확인하려는 듯 동서남북으로 훑으며 방향을 잡았다. 그리고 연필을 찾았다. 내가 연필을 건네자 북쪽의 작은 만 위에 크고 또렷하게 십자 표시를 했다.

"보트!"

발라타코스가 말했다.

"노 로드!"

내가 셔츠 주머니에서 지폐 몇 장을 꺼내려고 하자 그가 정중히 거절의 손짓을 했다.

"노 이탈리아노."

발라타코스는 단호하게 말했다.

"그리크."

이에 나는 바로 사과했고, 우리는 느긋하게 의자에 등을 기대고 앉아 술을 마셨다.

*

나는 슈퍼마켓에서 위스키 네 병과 캔에 든 고양이 사료 네 개를 샀다. 그때만 해도 내 행동에는 합리성이 분명하게 감지되었다. 화분에 물을 주고 베아트리스의 바구니를 치우고 깨끗한 모래를 깔아준 뒤 여러 날 걱정하지 않아도 될 만큼 사료를 듬뿍 주었다. 그런 다음 안락의자에 앉아 오직 취할 목적으로 술을 마시기 시작했다. 딱 편안할 만큼 의식의 끈을 놓기 위해.

나는 전혀 서두르지 않고 체계적으로 잔을 비워 나갔다. 그리고 알코올이 작용하기를 기다렸다. 알코올이 나를 지

배하게 놔두었다. 절대 급할 것은 없었다. 정체와 짜증의 도랑에 빠지지도 않았다. 말하자면 어떤 적극성도, 요란함도 없는 조용하고 임상적인 음주였다. 그러나 내 의식의 고립된 한 부분에서는 그 행위 전체를 엄격히 감독하고 통제했다. 전에도 그런 적이 있었기 때문에 나는 내가 뭘 하는지 분명히 알고 있었다.

밤이 되면 연필을 가지고 몇 번 장난을 쳐보기도 했다. 정확히는 연필과 눈을 가지고. 연필로 균형 잡기, 몇 번 해보니 정말 손바닥과 눈 사이에 연필을 세울 수 있었다. 날카롭게 깎은 연필을 눈두덩 위에 놓고 반대쪽은 가볍게 오므린 손바닥 중심에 오게 한다. 연필을 그 자리에 있게 하려면 거의 느껴지지 않을 정도의 가벼운 압력이 필요하다. 등을 대고 눕는다. 연필을 거의 수직이 되게 세운다. 그렇지 않으면 실패라고 보면 된다……. 이렇게 균형을 잡아 세운 뒤 충동에 맡긴다. 그리고 중단한다. 충동에 맡긴다. 중단한다.

이것은 어려운 과정이다. 당연하다. 날카로운 연필심은 쉽게 미끄러지고 만다.

여러 번 하다 보니 아무리 강한 압력을 가해도 눈 자체를 관통할 수는 없다는 사실을 깨닫게 됐다. 내가 얻은 결론은 눈알 위나 아래를 찌르고 들어가 뇌에 박힌다는 것이었다. 피해가는 방법밖에 없었다. 기저에서 미끄러져야만, 다른 길을 만들어야만 가능할 것 같았다. 찌르는 것도 관통하는 것도 불가능했다……. 그것은 내 머릿속에 아른거리던 절대적 완벽에서 벗어나는 불쾌한 결론이었다. 하지만 나는 일단 그것으로 만족하고 결과를 받아들이기로 했다.

나는 눈부신 아침햇살을 받으며 눈을 떴다. 그리고 병을 들고 화장실로 가 다시 술을 마셨다. 처음에는 술이 다시 넘어오지만 계속 마시다 보면 타는 듯한 독주를 몸 안에 가둘 수 있게 된다. 나는 그렇게 시큼한 위액 냄새를 맡으며 어둠 속에 누워 해가 질 때까지 시간을 죽였다.

그리고 다시 밤이 찾아왔다. 그 밤이 어땠는지, 그다음 날이 어떻게 왔는지 잘 기억나지 않는다. 어느 순간 위스키가 동이 났고, 나는 부엌 찬장에서 스위트와인 한 병을 찾아냈다. 너무 역겨웠다. 저녁쯤에는 다시 화장실에서 위를 뒤집어 털었다.

술이 깨면서 잔인하고 차가운 현실과 마주했다. 온몸에 식은땀이 흐르고 역한 냄새와 함께 두려움에 휩싸였다. 나는 조금이라도 안정감을 느끼고 싶어 화장실 바닥에 태아처럼 웅크렸다. 그러나 냉기와 오한에 온몸이 갈가리 찢기는 기분이었다. 신경과 근육이 터질 것만 같고 경련, 갑작스럽게 찾아오는 호흡 곤란. 그러다 어느 순간 꿈도 없는 깊은 잠 속으로 빠져들었다.

전화벨 소리가 몇 번 울렸다 끊겼다. 베아트리스가 몇 번 왔다 갔다 했다. 살짝 열린 화장실 문틈으로 다시 햇빛이 스몄다. 나는 다시 잠속으로 빠져들었다.

다시 전화벨 소리.

딱딱한 바닥 때문에 오른쪽 어깨와 골반에 심한 통증이 느껴졌다.

나는 결국 일어섰다. 수도꼭지에서 바로 물을 마시고 얼굴과 손을 씻었다.

다시 전화벨이 울리기 시작했다. 나는 천천히 거실로 가서 수화기를 들었다.

하르만.

사립 탐정 하르만.

"전화를 몇 번이나 했는지 아십니까?"

"미안합니다."

"그 말 믿어도 됩니까?"

"무슨 일입니까?"

"새로운 소식이 있습니다."

"……."

"듣고 계십니까?"

"물론입니다."

"찾아냈습니다."

"누구를요?"

"누구긴요? 부인이죠. 어디 안 좋으세요?"

"아니요, 아무렇지도 않습니다. 죄송합니다, 지금 막 일어나서……. 어디서 찾았습니까?"

그는 잠시 침묵했다. 아마 담배에 불을 붙이는 것 같았다.

"이쪽으로 오시면 필요한 정보를 드리겠습니다. 돈도 챙겨 오세요. 계산도 바로 끝냅시다. 한 시간 뒤에 괜찮겠습니까?"

나는 시계를 보았다. 10시가 막 지난 시각이었다. 즉 오전이다. 무슨 요일인지는 알 수 없었다.

"한 시간 뒤에 봅시다."

내가 말했다.

"인생이란 부질없는 거야. 하지만 이왕 그 문에 들어섰다면 계속 걸어가야지. 그게 우리의 의무인데 어쩌겠어."

어느 날 문득 그녀가 말했다. 그 말도 어디선가 주워들은 것이리라. 에바는 항상 그랬다. 영화, 신문, 텔레비전 토론 등등 어디선가 듣고 읽은 말을 오래도록 머릿속에 담아뒀다가 상황이 얼추 비슷하다 싶을 때 자신의 언어로 만들어 내놓았다.

그 여름날 아침처럼 말이다.

부질없다라……

나중에 생각해 보니 그때 그녀가 하던 말 중에는 마우리츠 빙클러에게서 온 것들이 많았다. 사실 그걸 모르진 않았지만 크게 신경 쓰지 않았던 것 같다. 그냥 모르는 척했다. 그녀는 나의 상처 입은 새였고, 나는 그녀의 남편이자

은인이었으니까……

그때 우리 관계는 그랬다. 나는 단단한 땅이었고, 그녀는 늪지에서 헤매는 사슴이었다. 그녀의 기분과 감정은 날이면 날마다, 때로는 시간 단위로도 바뀌었지만 나는 항상 그녀의 말에 귀를 기울여 주었다. 흔들림 없는 모습을 보였다. 그녀가 너무 깊이 빠져들려고 할 때 나를 잡고 올라올 수 있도록 땅속 깊이 뿌리박고 굳건하게 서 있었다.

절벽. 단단한 지점.

아다지오는 끝났다.

*

5월 어느 더운 날, A의 거리를 거닐며 했던 생각이다.

사무실은 흐레이프 가에서 한참 들어가야 했다. 물론 전철을 탈 수도 있었지만 뭔가가 나를 가로막았다. 아마도 시간을 벌고 싶었으리라. 다시 누군가와 눈을 마주치려면 시간이 필요했다. 긴 산책이 필요했다. 잠깐 카페에 들르는 것도 괜찮을 것 같았다. 말했듯이 그날은 무척 더웠다. 또 다른 더운 날이었다.

하르만은 상세한 것까지 알고 싶은지, 이름과 주소만으로 만족하는지 물었다.

"이름이요?"

내가 물었다.

에바가 지금은 '에디타 소브란스카'라는 이름을 쓴다는 대답이 돌아왔다.

"에디타 소브란스카요?"

"네, 그렇습니다."

나는 다른 세부 사항은 내가 직접 알아낼 수 있다, 어떤 방식으로 에바를 찾아냈는지 알고 싶지 않다고 덧붙였다. 그는 고개를 끄덕였다. 약간 의심쩍은 눈빛이었지만 나는 못 본 척했다. 그는 내게 이름, 주소, 전화번호가 적힌 명함을 내밀었다. 나는 그것을 내 지갑에 끼워 넣고 그가 달라는 대로 800굴덴을 건넸다. 영수증은 없었다.

*

"당신 인생을 말하는 거야, 아니면 다른 사람 인생을 말하는 거야?"

당시 나는 에바에게 그렇게 물었다.

"우리 인생을 말하는 거야."

에바는 의외로 바로 대답했다.

"당신과 나 공동의 삶."

내가 반대 의견을 말했을 때 그녀가 자신의 주장을 계속 펼치는 일은 흔치 않은 일이었다.

"우리 인생?"

"응, 우린 서로에게 힘이 되지 못해. 성장하지도 못하고……. 서로를 갉아먹을 뿐이야. 점점 작아지고 오그라들지. 이렇게 선명한데 그걸 못 느끼겠어? 이렇게 계속 살면 언젠가는 완전히 오그라들어서 아무것도 남지 않을 걸."

"그건 그냥 말일 뿐이야, 에바."

내가 말했다.

"아무 의미 없는 말장난이라고. 아무런 의미도 없어. 그 걸 알아야지"

"아니, 이게 전부야."

전부.

나는 프린젠 운하를 따라 한참을 걸었다. 갈색 수면 위에서는 오리와 거위가 세상의 모든 시간을 가진 듯 느긋하게 첨벙거리고, 카이제르 가와 발데마르 로 사이의 마로니에에는 꽃이 활짝 피어 있었다. 희고 푸른 거대한 가지들은 동시에 위아래로 뻗어나가는 듯했다. 태양과 물을 향해.

나는 한참동안이나 그 모순에 대해 생각했다. '이것과 저것 둘 다'인가, 아니면 '이것 아니면 저것'의 문제인가?

결국은 결론을 내릴 수 없었다. 나중에 생각해 보니 참으로 비생산적인 질문이었다. 하지만 그때 프린젠 운하의 풍경은 3년이 지난 지금도 내 머릿속에서 지워지지 않는다. 5월 중순 바로 그날 나무의 욕구 충족에 대해 고민하며 나무 아래로 걸어가던 내 모습이 보이는 것만 같다.

햇빛과 물, 햇빛 아니면 물.

나는 크뢰거 광장에서 멈췄다. 그리고 카페들을 쓱 훑어본 뒤 〈올데네르 마아스〉라는 곳에 자리를 잡고 앉았다. 가게 앞에 내놓은 탁자에 앉아 한 시간 정도 있었다. 내가 마신 것은 커피 한 잔과 얼음 띄운 주스 한 잔뿐이었다. 그리고 물과 햇빛 사이에서 고민할 마로니에처럼 내 머릿속도 무척 복잡했다. 나는 주머니 속의 명함을 몇 번이나 꺼내 들여다보았다.

에디타 소브란스카, 베르헤네르 가 174번지.

나는 에바가 그 이름을 쓰게 된 경위를 생각해 보았다. 폴란드식 이름인 게 분명했다. 그런데 에바는 살면서 슬라브 쪽과 연관을 맺은 적이 한 번도 없다. 그렇다면 그 이름의 주인은 에바가 아닐지도 모른다. 전혀 다른 사람인데 하르만이 착각한 것일 수도 있다. 어느 모로 보나 그게 가장 타당한 추론이 아닐까?

만약 그렇다면, 베르헤네르 가에 사는 그 여자가 사라진 내 아내가 아니라면…….

그렇다면 그만하자. 이제 할 만큼 했다.

카페를 나설 때 나는 그렇게 마음을 굳힌 상태였다. 많은 일이 있었지만 이제는 다 끝났다. 오늘이 진짜 마지막이다. 사실 너무 오래 끌어왔다. 진즉 알았어야 하는데……. 하지만 영영 모르는 것보다는 늦게라도 아는 게 낫다.

15분 후 나는 베르헤네르 가에 도착했다. 베르헤네르 광장에서 시작되어 북동쪽의 V공원과 스포츠센터로 이어지는 폭이 좁고 꽤 긴 거리였다. 길 양쪽으로 평범한 5, 6층짜리 건물들이 늘어서 있었다. 대개 어두운색의 벽돌 건물이었고, 검정색으로 칠해진 입구와 다닥다닥 붙은 창문들이 특징이었다. 가끔 구멍가게가 하나씩 있었으며, 교차로 세 개를 지날 때마다 카페들이 나오는 식이었다.

나는 174번지 앞에 섰다. 좌우를 살핀 후 건물 앞으로 다가가 명패를 확인했다.

4층: E. 소브란스카, M. 빙클러.

손잡이를 당겨 보니 문이 잠겨 있었다. 나는 초인종을 눌렀다. 아무 반응이 없었다. 하지만 곧 찰칵 하고 잠금장치가 풀리는 소리가 났다. 나는 문을 열고 들어가 좁고 가파른 계단을 오르기 시작했다.

*

처음에 문을 두드리니 아무 반응이 없었다. 좀 세게 다시 두드렸다. 안에서 라디오가 꺼지더니 다가오는 발자국 소리가 났다. 문에서 열쇠 돌아가는 소리가 몇 번 난 후 이윽고 문이 열렸다. 그리고 나는… 그녀와 마주 보고 서 있었다.

정말 그녀라는 것을 인지하기까지 잠시 시간이 걸렸던 것 같다. 그녀는 검정색 진바지와 염색 무늬가 있는 긴 티

셔츠를 입은 편안한 차림이었다. 그녀의 얼굴은 너무 친숙해서 그 친숙함을 거부하고 싶을 지경이었다. 아마 처음에 망설였던 것도 그 강한 동질감 때문이었으리라.

우리는 그렇게 말없이 한참을 서 있었던 것 같다. 아니면 그녀가 바로 말을 했던가? 어쨌든 먼저 침묵을 깬 사람은 그녀였다. 깨져야 할 침묵이었다면.

"왔네."

그녀가 길을 터주며 말했다.

"응, 왔어."

나는 그녀 옆을 지나쳐 좁은 현관 복도에 들어섰다.

그녀는 내게 따라오라는 몸짓을 하고 앞장서 걸었다. 유리 탁자 주변에 안락의자 세 개가 놓여 있었다. 그녀는 그중 한 의자에 앉더니 망설이는 내게 고갯짓으로 앉으라고 했다. 나는 그녀와 마주 보고 앉았다.

"결국 왔구나."

그녀가 다시 말했다. 그리고 천천히 눈을 굴렸다. 그녀가 분명치 않은 것이나 복잡한 문제를 생각할 때 잘 하던 행동이다. 나는 아무 대꾸도 하지 않았다.

"차 마실래?"

잠시 후 그녀가 물었다. 내가 고개를 끄덕이자 그녀는 일어나 부엌으로 갔다.

나는 높고 푹신한 등받이에 머리를 기댔다. 그리고 눈을 감은 채 부엌에서 나는 물소리, 주전자와 컵 부딪치는 소리에 귀를 기울였다. 내 생각과 내면의 움직임은 말로 표현할 수 없는 추상적인 것, 구체적인 것과는 거리가 멀었다. 하지만 아름다웠다. 진심으로 아름다웠다. 분명 그랬다.

나는 문득 다른 사람의 존재를 느끼고 눈을 떴다. 마우리츠 빙클러가 높은 서랍장에 팔꿈치를 괸 채 나를 쳐다보고 있었다. 나도 그의 얼굴을 마주 보았다. 그는 4년 전과 똑같은 안경을 끼고 있었고, 회색 머리칼이 듬성듬성한 짧은 머리도 변함없었다. 확신할 순 없지만 깃 없는 셔츠와 코듀로이 바지도 전에 몇 번 만났을 때 입었던 그대로인 것 같았다.

우리는 말없이 서로를 쳐다볼 뿐 그 누구도 입을 열지 않았다.

잠시 후 에바가 차가 담긴 쟁반을 들고 나타났다. 그녀는 쟁반을 든 채 방 한가운데 서 있다가 우리를 한 사람씩 쳐다보았다. 먼저 마우리츠 빙클러, 그다음이 나였다. 그녀가 억지로 미소를 지었다. 그 미소는 비상하는 제비의 날갯짓처럼 스치듯 사라졌다. 그녀는 탁자에 쟁반을 내려놓았다.

"A에는 뭐 하러 온 거야?"

그녀가 물었다.

"일 때문에."

내가 대답했다.

"무슨 일?"

"번역."

"레인?"

"응."

"왠지 그럴 것 같더라니……."

마우리츠 빙클러는 헛기침을 두어 번 하더니 남은 의자에 앉았다. 에바가 도자기 주전자에 든 차를 따라주었다.

"여기 산 지 오래됐습니까?"

내가 물었다.

"3년 됐습니다."

"3년? 그럼 그때 이후로……."

"네."

마우리츠 빙클러가 말했다.

"그때 이후로 죽."

우리는 말없이 차를 마셨다. 나는 에바의 뺨에 난 점을 보며 처음 연애할 때 니스의 한 호텔에서 서로의 점을 세었던 일을 떠올렸다.

"여긴 언제까지 있을 거야?"

그녀가 물었다.

나는 어깨를 으쓱했다.

"오래는 아니야. 일도 다 끝나가니까."

"네, 알겠네요."

마우리츠 빙클러가 말했다. 그 말에 나는 기가 막혔다. 지금도 기억난다. 도대체 뭘 알겠다는 건지…….

다시 침묵이 감돌았다. 우리는 애써 서로의 시선을 외면했다. 마우리츠 빙클러는 부드러워 보이는 케이크 한 조각을 먹었다.

"그때 그라우에스에서 무슨 일이 있었던 거야?"

내가 침묵을 깨고 물었다.

나는 그들이 나를 흘깃 쳐다보거나 할 줄 알았다. 그러나 그건 오산이었다. 두 사람은 고개를 빳빳이 쳐들고 나를 쳐다보았다. 그리고 그 눈빛은⋯⋯.

*

그 눈빛은 심각했다. 그들은 뻔뻔하다 싶을 정도로 심각한 눈빛으로 나를 응시했다. 나는 남은 차를 얼른 마셔 버리고 일부러 소리 나게 찻잔을 내려놓았다. 그리고 허리를 꼿꼿이 폈다.

"그때 그라우에스에서 무슨 일이 있었던 거냐고?"

내가 아까보다 큰 소리로 다시 물었다.

마우리츠 빙클러는 머리를 절레절레 흔들었고, 에바는 자리에서 일어섰다.

"이제 그만 가는 게 좋겠어."

그녀가 말했다.

나는 바로 일어서지 않고 어떻게 해야 할지 잠시 생각했다. 이윽고 내가 일어서자 그녀는 앞장서서 복도로 나갔다. 나는 그 뒤를 따라가다가 그녀가 문을 열려고 손잡이를 잡았을 때 마우리츠 빙클러에게 들리지 않도록 작은 소리로 다시 물었다. 세 번째였다.

"그때 그라우에스에서 무슨 일이 있었던 거지?"

그녀가 문을 열었다.

"다비드, 당신한테 그거 설명해 줄 생각 추호도 없어."

그녀가 말했다.

"그게 무슨 말이야?"

그녀는 그 질릴 정도로 심각한 표정으로 나를 빤히 쳐다보았다.

"그때 그라우에스에서 무슨 일이 있었냐고? 당신이 그걸 물을 자격이 있어?"

"자격이 없다고?"

"당신에겐 그때 무슨 일이 일어났는지 알 자격이 없어."

나는 아무 대꾸도 하지 않았다.

"가장 끔찍한 게 뭔지 알아?"

그녀가 내게서 고개를 돌리며 말했다.

"당신이 그걸 이해하지 못한다는 거, 바로 그거야."

내 머릿속에는 완벽하게 모순되는 두 가지 생각이 떠올랐다. 나는 얼른 그 생각들의 무게를 재어본 후 포기했다.

"잘 살아, 에바."

나는 다시 돌아보지 않고 그대로 돌아섰다.

10분 후 빈데메르 가에 들어섰다. 해는 지고 있었지만 아직 더웠고 넓은 보행자 거리에는 지나는 사람이 많았다. 나는 햇빛을 받으며 시내가 있는 남서쪽으로 죽 걸어갔다. 가끔 몇 초씩 눈을 감고 걷다 보면 군중 속의 누군가와 어깨가 부딪혔는데, 그때 묘한 소속감이 들었던 기억이 난다. 하지만 전체적으로 볼 때 튀는 행동을 하거나 하지는 않았다.

나는 전철 세 대를 그냥 보내고 네 번째 기회를 이용했다. 과정 자체는 아주 단순했다. 도로 쪽으로 비스듬하게 두 발짝 나가면 끝이다. 모든 게 멈춘다.

모든 게.

III

그럼에도 불구하고 새로운 시간은 찾아왔다. 그 시간이 왜 필요한지는 알 수 없었다.

진공 상태보다 희박하고 먼 바다보다 하염없는 시간들.

그러던 어느 날 헨더슨이라는 사람이 나타났고, 그는 사진을 들고 와 터무니없는 주장을 늘어놓았다.

아무것도 없는 공간에 다시 흔들리는 빛이 나타났다. 그 빛은 속도를 줄이더니 점점 커져 갔다. 나는 이미 눈으로 그 빛을 좇고 있었다.

"그래서 삶을 포기했다고요? 매 맞은 개처럼 쫓겨나서?"

나는 아무 대꾸 없이 기름진 올리브 하나를 입 속에 집어넣은 후 바다를 바라보았다. 해는 언제나처럼 수평선 한 뼘 높이에서 안개에 휩싸인 채 지고 있었다. 그 고요는 완벽에 가까웠다.

우리는 야외 테라스에 내놓은 라탄 의자에 앉아 있었다. 그가 직접 설계해 동부 어느 소도시 장인에게 제작하게 했다는 의자였다. 집도 부분적으로 그가 지었다고 했다. 원래 39, 40평방미터였던 것을 점점 늘려 두 배로 확장했고, 리모델링도 했다. 산에서 여기까지 물길을 냈고 마을에서 전선을 끌어와 전기도 사용할 수 있게 했다. 뒤쪽 절벽에 테라스를 만들어 포도넝쿨 그늘을 조성하고, 만 건너편에서 엄청나게 큰 사이프러스 몇 그루를 가져오게 해 옮겨

심었다. 여러 사람들의 우려에도 불구하고 나무는 굳게 뿌리를 내렸다. 그의 말에 따르면 500년도 더 됐다는 올리브 나무 20그루도, 산을 따라 구불구불한 오솔길을 따라 올라가면 나오는 작은 예배당도 그의 소유였다. 그 건물은 괴짜인 프랑스 남자가 오래전에 지었다는데, 쳄발로 하나, 고양이 무리와 함께 50년간 살다가 인생의 황혼기에 접어들자 루엥으로 돌아갔고 돌아간 지 두 달 만에 죽었다고 한다. 고양이들은 모두 흩어졌지만 쳄발로는 그대로 남아 있다고 했다.

그는 상세한 부분을 놓치지 않고 이야기했다. 어쩌면 그 모든 게 순전히 지어낸 이야기인지도 몰랐다. 어쨌든 그는 간만에 이야기를 들어주는 사람이 있다는 사실에 은밀한 즐거움을 느끼는 듯했다. 이야기를 들어주는 사람이 있다는 것만 해도 어딘가! 그런데 그 사람이 다른 누구도 아닌 나였다.

나는 그가 사람을 만나지 않고 산다는 것을 한눈에 알 수 있었다. 2, 3주에 한 번씩 보트를 타고 좁고 긴 반도를 돌아가 식료품을 사올 뿐 그 외에는 혼자만의 고매한 은둔 생활을 즐기는 듯했다. 그런 고립된 생활 때문인지 그는 내 기억 속에서보다 훨씬 수다스러웠다. 아마도 잠정적인 급성 수다 증상이리라. 반면에 자기중심적이고 기인과 같은 면모는 그대로였다. 약간 다듬어지고 가라앉아 있는 상태라고나 할까? 그가 적적한 일상을 채우는 방법은 돌을 날라오는 일인 것 같았다. 테라스를 보수하거나 현재 1미터 두께로 집의 2.5면을 둘러싸고 있는 높은 담을 계속 쌓기 위해서 말이다.

"스스로도 이런 이야기를 그냥 묻어버리는 건 죄악이라고 생각하죠? 라디오에서 들은 재채기 소리로 시작되는 이런 이야기를……."

"재채기가 아니라 기침이요."

"그래 기침. 재채기나 기침이나 그게 그거지. 아무튼 이런 이야기를 모래에 우유 엎지르듯 그냥 묻어버리고……."

"…네, 매 맞은 똥개마냥 도망쳤다고요."

나는 그가 앞부분이 유난히 긴 담뱃대에 담배를 끼우고 불을 붙이는 동안 말없이 기다렸다.

"내가 내 인생의 원고로 만든 그 이야기 알죠?"

"네 알죠. 하지만 작가님 자신의 이야기라고 보기는 힘들죠. 그래서 제 이야기보다 그게 훨씬 낫다는 말씀을 하시는 겁니까?"

레인은 콧방귀를 뀌었다.

"그런 비교 자체가 내겐 모욕이지요."

그는 나를 쳐다보지도 않고 말했다. 그저 바다에 시선을 둔 채 담배를 피울 뿐이었다. 이제 슬슬 내가 지겨워진 것이리라.

잠시 침묵이 흐른 후 내가 물었다.

"그런 복잡한 음모가 꼭 필요했습니까?"

"당연하지요."

그가 무슨 소리냐는 듯 정색을 했다.

"의심은 천천히 시작됐어야 해요……. 만일 역자가 언론의 주목을 받았다면 그게 작동했겠어요? 그렇게 해야만 했다는 거 누구보다 잘 알면서 모르는 척하긴……. 그 결과가 어떻게 됐는지 스스로 경험했잖아요!"

"부인의 죽음도 예상하셨습니까?"

"그건 별도의 문제요. 그런데 무슨 뜻으로 그런 말을 하는 거요? 당신 부인은 다른 남자와 행복하게 잘 살고 있잖아요! 처음부터 그렇게 되게 할 생각이었다, 그렇게 말하려고 여기 온 거요?"

그는 무례하게 웃었다.

"등신 같으니라고! 거기서 무슨 일이 있었는지조차 못 알아냈잖아."

나는 송진 와인 향을 맡는 그의 옆모습을 바라보았다. 선이 굵은 얼굴, 햇볕에 바란 북슬북슬한 고수머리, 61세…….나는 속으로 그의 나이를 계산해 보았다. 구릿빛 피부에 체력도 좋아 보이고 아직 정정하다. 전에 보았던 유약한 모습은 완전히 떨쳐 버린 듯했다. 예기치 않은 일이 일어나지만 않는다면 이 숨겨진 천국에서 앞으로 25년은 거뜬히 더 살 것 같았다. 돌과 올리브와 정화된 기억과 함께.

다시 말하지만 예기치 않은 일만 일어나지 않는다면.

"네, 전 그라우에스에서 무슨 일이 있었는지 모릅니다."

나는 그에게 그때 일을 요약해서 들려주었다. 그가 귀기울여 들었는지는 모르겠지만 꽤 깊은 인상을 받은 모양이었다. 그는 이제 별 말이 없었다.

"최근에는 '길리엄의 유혹' 생각이 많이 나더군요."

한동안 이어진 침묵을 깨고 내가 말했다.

'길리엄의 유혹'은 그의 초기 단편 중 하나다. 자신과 주변 사람들의 삶을 특정한 그림과 징조에 따라 집착적으로 조작하는 남자가 나오는데, 그 징조는 주로 꿈을 통해 얻어진다. 결국 그가 아내와 두 아들을 불태워 죽이는 것으로 끝나는 기묘하기 짝이 없는 이야기다. 제목에서의 '유혹'이 의미하는 것은 마지막 행위를 거부하고 싶은 유혹, 지시와 내면의 목소리를 거부하고 싶은… 따르고 싶지 않은 거대한 유혹이다. 하지만 종국에는 그 유혹마저도 이겨 낸다.

레인이 소리 내어 웃었다.

"아, 그거!"

그는 잠시 생각에 잠겼다.

"그렇지, 그거랑 맞아떨어진다고도 할 수 있지요."

"어떻게 하신 거죠?"

내가 물었다.

"뭘요?"

"뭐라고 표현해야 하나…, 도주?"

"그건 도주가 아니지요. 새 여권과 간단한 위장, 그리고 물론 돈이죠."

"그날 밤 취한 거 아니었습니까?"

"뭐 조금 취했다고는 할 수 있지요."

"그렇다면 운이 좋았다고 해야 하는 거 아닙니까?"

"허튼소리."

나는 그와 이야기하는 동안 그가 한 번 정도는 내게 고맙다고 말할 것이라 기대했다. 그의 계획과 기대에 부응해 내 역할을 잘 수행해 줬다고, 잘했다고 인정하는 말이 나오기를 기다렸다. 그러다 해가 완전히 넘어가고 빠르게 땅거미가 내려앉자 깨달았다. 그는 꿈에도 그런 말을 할 생각이 없었다.

조종하는 사람이 인형에게 춤춰줘서 고맙다고 말한단 말인가?

꼭두각시 인형에게 실의 움직임에 잘 반응했다고 칭찬한단 말인가?

당연히 아니다.

나는 해변 위로 끌어다 놓은 내 보트를 내려다보았다. 아직 빛이 남아 있어서 그 프랑스 남자가 살 때부터 있었다는 울퉁불퉁한 돌계단을 내려가는 데 어려움은 없을 것 같았다. 하지만 30분만 지나도 힘들어질 것이다.

레인은 다시금 조용해졌다. 잠시 타올랐던 수다의 불꽃은 완전히 꺼졌다. 나는 그를 빤히 쳐다보았다. 분명 내 시선을 느꼈을 텐데도 그는 고개를 돌리지 않았다. 이제 혼자 있고 싶다는 뜻이리라. 나는 술잔을 비우고 일어섰다.

"이제 가봐야겠네요."

그는 고개를 끄덕였다. 일어설 생각은 없는지 그는 조잡한 담배 마는 기계로 새 담배를 말기 시작했다.

그리고 그의 질문은 내가 이미 등을 돌렸을 때 날아왔다.

"여기, 언론에 내 얘기를 퍼트릴 생각은 아니겠지요? 다시 한 번 말하지만 여기서 내 정체는 완벽해요. 만약 그렇지 않다면 좋은 생각이 아닙니다."

"당연히 아닙니다."

"혼자 억하심정을 가져 봐야 득 되는 건 없을 거요. 안 그렇소?"

"걱정 마십시오."

"레인은 죽었소."

"네, 레인은 죽었습니다. 그럼 또 뵙지요."

"그럽시다."

보트 있는 곳까지 갔을 때는 이미 어둠이 깔려서 테라스 위에 있는 그의 모습이 전혀 보이지 않았다. 나는 보트에 불을 켜지 않을 생각이었다. 바닥에 말아놓은 그물 밑으로 손을 집어넣어 칼을 찾기에 바빴다. 칼이 만져졌다.

　나는 자리에 앉아 칼을 손바닥에 놓고 그 무게를 가늠해 보았다. 그리고 날카롭게 간 칼날을 조심스럽게 어루만졌다. 그리고 어둠이 점점 짙어지는 동안 이런저런 생각을 했다. 하지만 여길 언급할 정도로 중요한 생각은 아니었고, 기억에 남아 있는 것도 없었다.

　위에 불이 켜지자 나는 다시 울퉁불퉁한 돌계단을 올라갔다.

HÅKAN NESSER
**INTRIGO** REIN

작가의 말

'인트리고(INTRIGO)'는 마르담 중심가 케이메르 가에 있는 카페 이름입니다. 2018~2019년에 걸쳐 개봉을 하는 다니엘 알프레드손 감독의 세 영화를 아우르는 제목이기도 합니다.

〈디어 아그네스(Dear Agnes)〉, 〈데스 오브 언 오서(Death of an Author)〉, 〈사마리아(Samaria)〉 이 세 편의 영화는 이전에 나온 소설 〈디어 아그네스〉, 〈레인(Rein, Death of an Author)〉, 〈사마리아의 야생난(Ormblomman från Samaria)〉을 바탕으로 합니다. 이 '인트리고'에는 네 개의 이야기가 나오는데 그중 단편소설 〈톰(Tom)〉은 새 작품으로, 처음 출판되는 것입니다.

책은 책이고 영화는 영화입니다. 이야기가 다른 매체를 만나면 종종 안팎이 바뀌며 뒤집히기도 하고, 또 새로운 표현 방법을 발견하기도 합니다. 심지어 완전히 다르게 풀려나가기도 하지요. '인트리고'의 경우 책과 영화는 모두 정말 중요한 알맹이, 즉 각 이야기의 핵심을 그대로 유지해 보존했습니다.

　영화가 전 세계적으로 상영되는 것은 물론 책 또한 14개국에서 출간되어 기쁩니다. 특히 제 작품이 처음으로 한국에 소개되어 이 또한 영광입니다.


스톡홀름에서　호칸 네세르

호칸 네세르 출간 도서 연보

- 안무가(Koreografen), 1988
- 거친 밤(Det grovmaskiga natet), 1993
- 보르크만의 관점(Borkmanns punkt), 1994
- 도착(Aterkomsten), 1995
- 바린의 삼각형(Barins triangel), 1996
- 점이 있는 여자(Kvinna med fodelsemarke), 1996
- 수사관과 침묵(Kommissarien och tystnaden), 1997
- 킴 노박은 게네사렛 호수에서 수영하지 않는다
  (Kim Novak badade aldrig i Genesarets sjo), 1998
- 뮌스터의 가을(Munsters fall), 1998
- 늑대의 시간(Carambole), 1999
- 파리와 영원(Flugan och evigheten), 1999
- 에바 모레노의 가을(Ewa Morenos fall), 2000
- 제비, 고양이, 장미, 죽음(Svalan, katten, rosen, doden),
  2001
- 피카딜리 서커스는 쿰라에 있지 않다(och Piccadilly Circus
  ligger inte i Kumla), 2002

- 디어 아그네스(Kara Agnes!), 2002
- 사건 G(Fallet G), 2003
- 비와 그림자(Skuggorna och regnet), 2004
- 닥터 클림케의 관점에서(Fran doktor Klimkes horisont), 2005
- 개 없는 인간(Manniska utan hund), 2006
- 완전한 다른 이야기(En helt annan historia), 2007
- 루스 씨 보고서(Berattelse om herr Roos), 2008
- 베르틸 알베르손 사건의 진실은?(Sanningen i fallet Bertil Albertsson?), 2008
- 정원사의 관점(Maskarna pa Carmine Street), 2009
- 외로운 사람들(De ensamma), 2010
- 런던의 하늘(Himmel over London), 2011
- 살인의 밤(Styckerskan fran Lilla Burma), 2012
- 윈스포드의 삶과 죽음(Levande och doda i Winsford), 2013
- 베를린에서의 11일(Elva dagar i Berlin), 2015
- 칼만 사건(Eugen Kallmanns ogon), 2016

옮긴이 | 김진아

숙명여자대학교를 졸업하고 독일 베를린 자유대학교에서 교육학 및
연극학 석사를 받았다. 독일 두이스부르크-에센 대학교에서 교육학 강
사를 역임하였고, 현재 전문번역가로 활동 중이다. 옮긴 책으로는 『백
설공주에게 죽음을』, 『바람을 뿌리는 자』, 『깊은 상처』, 『사악한 늑대』,
『서울의 잠 못 이루는 밤』, 『수잔 이펙트』 등이 있다.

## INTRIGO
# 레인
### DEATH OF AN AUTHOR

초판 1쇄 인쇄 | 2019년 4월 10일
초판 1쇄 발행 | 2019년 4월 25일

지은이 | 호칸 네세르
옮긴이 | 김진아

발행인 | 김남석
발행처 | ㈜대원사
주　소 | 06342 서울시 강남구 양재대로 55길 37, 302
전　화 | (02)757-6711, 6717~9
팩시밀리 | (02)775-8043
등록번호 | 제3-191호
홈페이지 | http://www.daewonsa.co.kr

한국어판 출판권 ⓒ 대원사, 2019

Daewonsa Publishing Co., Ltd
Printed in Korea 2019

ISBN | 978-89-369-2107-1

이 책의 국립중앙도서관 출판시 도서목록(CIP)은
e-CIP홈페이지(http://www.nl.go.kr/ecip)에서 이용하실 수 있습니다.
(CIP제어번호 : CIP2019009626)